Unos asesinatos muy reales

Unos asesinatos muy reales

CHARLAINE HARRIS

UNOS ASESINATOS MUY REALES

AURORA TEAGARDEN 1

TRADUCCIÓN DE
OMAR EL KASHEF CALABOR

LIRA

Primera edición en este formato: octubre de 2025
Título original: *Real Murders*

© Charlaine Harris Schulz, 1990
© de la traducción, Omar El Kashef Calabor, 2011
© de esta edición, Futurbox Project, S. L., 2025
Todos los derechos reservados, incluido el derecho de reproducción total o parcial de la obra.
Ninguna parte de este libro se podrá utilizar ni reproducir bajo ninguna circunstancia con el propósito de entrenar tecnologías o sistemas de inteligencia artificial. Esta obra queda excluida de la minería de texto y datos (Artículo 4(3) de la Directiva (UE) 2019/790).

Diseño de cubierta: Taller de los Libros
Imagen de cubierta: Carme Martínez
Corrección: Sofía Tros de Ilarduya, Maite Martín

Publicado por Lira Ediciones
C/ Roger de Flor, 49, escalera B, entresuelo, oficina 10
08013 Barcelona
info@liraediciones.com
www.liraediciones.com

ISBN: 978-84-19235-28-2
THEMA: FFJ
Depósito Legal: B 17036-2025
Preimpresión: Taller de los Libros
Impresión y encuadernación: Liberdúplex
Impreso en España – Printed in Spain

Para mis padres

CAPÍTULO 1

—Esta noche quiero hablaros de uno de los asesinatos más misteriosos y fascinantes: el caso Wallace —dije a mi espejo con entusiasmo.

Luego probé con más sinceridad; después, con un poco de seriedad.

El cepillo tropezó con un nudo.

—¡Mierda! —exclamé, y lo intenté de nuevo—. Creo que el caso Wallace puede llenar el programa de la velada —declaré con firmeza.

Éramos doce miembros permanentes para los doce programas anuales, así que, perfecto. No todos los casos daban para una sesión de dos horas, por supuesto. El socio responsable de presentar el asesinato del mes, como lo llamábamos en broma, invitaba a un orador: algún miembro del departamento de Policía de la ciudad, un psicólogo especializado en criminología o el director de un centro local de asistencia a mujeres violadas. De vez en cuando, proyectábamos una película.

Pero la fortuna me sonrió en el sorteo. Había material más que de sobra del caso Wallace, aunque no tanto como para precipitarme a examinarlo. Programamos dos reuniones sobre Jack el Destripador. Jane Engle dedicó una a las víctimas y a las circunstancias que rodearon los crímenes; y Arthur Smith,

9

la segunda, a la investigación policial y a los sospechosos. Con Jack no se puede escatimar.

—Los elementos del caso Wallace son los siguientes —continué—: un hombre, que se hacía llamar Qualtrough; un torneo de ajedrez; una mujer, aparentemente inofensiva, Julia Wallace; y, por supuesto, el acusado, su marido, el propio William Herbert Wallace. —Me recogí la mata de pelo y me debatí entre hacerme un moño, una trenza o, simplemente, sujetarlo con una goma para que no me cayese a la cara. Opté por la trenza. Hacía que me sintiera artista e intelectual. Mientras dividía el pelo en mechones, fijé la vista en el retrato de estudio, enmarcado, de mi madre, que ella misma me regaló en mi último cumpleaños, con un indiferente: «Dijiste que querías uno». Mi madre, que se parece mucho a Lauren Bacall, mide casi uno setenta, es elegante hasta la médula y ha creado su propio imperio inmobiliario. Yo mido uno cincuenta, llevo unas gafas muy grandes, redondas, de pasta, y he cumplido mi sueño de infancia de convertirme en bibliotecaria. Mi madre me puso Aurora de nombre, aunque para una mujer a la que bautizaron Aida, Aurora no debería resultar demasiado ultrajante.

Por extraño que parezca, adoro a mi madre.

Suspiré, como suelo hacer cuando pienso en ella, y terminé de recogerme el pelo con la velocidad que da la práctica. Comprobé mi reflejo en el gran espejo de pared: pelo marrón, gafas marrones, ojos marrones, mejillas sonrosadas (artificial) y buena piel (real). Como, a fin de cuentas, era noche de viernes, me quité la ropa con la que suelo ir a trabajar, una blusa sencilla y una falda, y me puse una camiseta de tirantes, muy cómoda, y unos pantalones holgados, de color negro. Pensé que el conjunto no era bastante alegre para William Herbert Wallace, así que añadí un lazo amarillo en el nacimiento de la trenza, a juego con el jersey que completaba el conjunto.

Una mirada al reloj me indicó que había llegado el momento de irse. Me pinté un poco los labios, cogí el bolso y troté escaleras abajo. Barrí con la mirada la habitación que me servía de guarida, comedor y cocina, y ocupaba la mitad de la planta inferior de la casa. Estaba impoluta; odio volver a casa y encontrarla hecha una leonera. Recogí el cuaderno de apuntes y localicé las llaves mientras recitaba los hechos del caso Wallace. Me planteé fotocopiar la borrosa fotografía del cuerpo de Julia Wallace para repartirla y presentar el escenario del crimen, pero pensé que quizá resultaría sensacionalista y, sin duda, irrespetuoso con la señora Wallace.

Un club como Real Murders* ya parecía bastante extraño a la gente que no compartía nuestras aficiones como para añadir ese grado de atrocidad. Intentábamos pasar desapercibidos.

Encendí la luz exterior mientras cerraba la puerta. Acababa de empezar la primavera y ya había oscurecido; aún no habíamos cambiado al horario de verano. Bajo la excelente luz de la puerta de atrás, el jardín, con vallas altas alrededor y los rosales a punto de florecer, estaba impoluto.

—¡Ay ho, ay ho, de crímenes a hablar! —canturreé desafinando, a la vez que cerraba la verja. Cada una de las cuatro casas adosadas dispone de dos plazas de aparcamiento, y en la otra acera hay espacio para que dejen el coche las visitas. Bankston Waites, mi vecino, que vive dos puertas más abajo, también entraba en su coche.

—Nos vemos allí —dijo—. Primero tengo que recoger a Melanie.

—De acuerdo, Bankston. ¡Hoy toca Wallace!

—Lo sé. Ya tenía ganas.

Arranqué el motor y dejé, educadamente, que Bankston saliera primero para ir a recoger a su encantadora damisela. Tuve la tentación de compadecerme de mí misma porque Melanie Clark tenía una cita y yo iba sola a Real Murders, pero no me apetecía ponerme triste. Vería a mis amigos y pasaría una noche de viernes estupenda, como de costumbre.

* Asesinatos reales. *(N. del T.)*

Puede que hasta mejor.

Al dar marcha atrás, me di cuenta de que la casa contigua a la mía tenía las luces encendidas y había un coche desconocido aparcado en una de las plazas. Así que por eso mi madre me dejó pegado un mensaje en la puerta de atrás.

Me había insistido mucho en que me comprase un contestador automático, porque los inquilinos de las casas (sus arrendatarios) podían necesitar dejarme a mí, la presidenta de la comunidad, algún mensaje mientras estaba trabajando en la biblioteca. En realidad, creo que mi madre solo quería saber que podía hablar conmigo, aunque no estuviese en casa.

Mi madre me encargó ocuparme de la limpieza de la casa contigua cuando se marcharon los últimos inquilinos. La dejé perfecta para enseñarla, me aseguré a mí misma. Me presentaría al nuevo vecino al día siguiente, ya que el sábado tenía el día libre.

Conduje por Parson Road y pasé junto a la biblioteca en la que trabajo. Giré a la izquierda para llegar a la zona de pequeños comercios y gasolineras, donde está el Centro de Veteranos de las Guerras Extranjeras. No dejé de ensayar durante todo el camino.

Bien podría haber dejado las notas en casa.

CAPÍTULO 2

Los miembros de Real Murders nos reuníamos en el Centro de Veteranos a cambio de una pequeña cantidad por el favor. El dinero iba a un fondo para la fiesta anual de Navidad del centro, así que todos estábamos contentos con el trato. Por supuesto, el edificio era mucho más grande de lo que un grupo pequeño como nosotros necesitaba, pero nos gustaba la intimidad.

Un oficial del centro quedaba con uno de los socios, media hora antes de la reunión, para abrir el edificio. Ese socio era el responsable de dejar las instalaciones como las habíamos encontrado y devolver las llaves al terminar la sesión. Ese año le tocaba a Mamie Wright porque era la vicepresidenta. Mamie colocaba las sillas en semicírculo, delante del estrado, y preparaba los refrescos en una mesa. Rotábamos para servirlos.

Llegué temprano. Me adelanto casi siempre.

Ya había dos coches en el aparcamiento, oculto detrás del pequeño edificio, con un área ajardinada con árboles de Júpiter, aún grotescamente desnudos a esas alturas de la primavera. Las farolas del aparcamiento se habían encendido automáticamente al anochecer. Aparqué mi Chevette a la luz de una de ellas, la más cercana a la puerta trasera. Los aficionados a los asesinatos somos demasiado conscientes de los peligros de este mundo.

Al entrar en el pasillo, la pesada puerta de metal se cerró de golpe a mi espalda. El edificio solo tenía cinco habitaciones; la solitaria puerta metálica de la izquierda se abría a la sala principal, donde celebrábamos las reuniones. Las cuatro puertas de la derecha daban a una salita de conferencias, a los servicios de hombres y mujeres y, al final del pasillo, a una cocinilla.

Todas las puertas estaban cerradas, como de costumbre, abrirlas exigía más tenacidad de la que ninguno de nosotros era capaz de desplegar. Dedujimos que el Centro de Veteranos estaba construido para resistir un ataque enemigo, y esas puertas pesadas sumían en un profundo silencio al lugar. Incluso en ese momento, aunque sabía que había, al menos, dos personas más en el edificio, por los coches aparcados fuera, no se oía nada.

Todas esas puertas cerradas en un pasillo completamente despejado producían una sensación rara. Parecía un túnel pequeño de color beis que solo el teléfono público colgado en la pared alteraba.

Recordé que hace tiempo le dije a Bankston Waites que, si alguna vez sonaba ese teléfono, esperaría oír a Rod Serling* al otro lado de la línea, diciéndome que acababa de entrar *En los límites de la realidad*. Sonreí ante la idea y me volví para aferrar el picaporte de la sala principal de reuniones.

Y el teléfono sonó.

Me volví de repente y di dos pasos titubeantes hacia el aparato, con el corazón a punto de salirse del pecho. Todo seguía tranquilo en el silencioso edificio.

El teléfono volvió a sonar. Mi mano agarró el auricular a regañadientes.

—¿Diga? —contesté en voz baja, carraspeé y volví a intentarlo—. Diga —repetí con firmeza.

—¿Podría hablar con Julia Wallace, por favor? —dijo una voz susurrada.

---

* Guionista y productor de televisión estadounidense, al que se conoce, fundamentalmente, porque es guionista y presentador de la serie televisiva de antología de ciencia ficción *En los límites de la realidad*. (N. del T.)

Sentí que se me erizaba el pelo de todo el cuerpo.

—¿Cómo? —balbuceé.

—Julia —susurró la voz.

Y colgaron.

Aún sostenía el auricular cuando la puerta del baño de señoras se abrió y salió Sally Allison.

Di un respingo.

—Jesús, Roe, ¿tan mal aspecto tengo? —soltó Sally, sorprendida.

—No, no, es la llamada. —Estaba a punto de echarme a llorar, y eso me abochornaba. A sus cuarenta años largos, Sally trabajaba en el diario de Lawrenceton; era una reportera buenísima y una mujer dura e inteligente, que sobrevivió a un precipitado matrimonio de adolescentes, que acabó cuando nació el bebé. Yo había ido a la escuela con ese bebé, Perry, y ahora trabajaba con él en la biblioteca. Odiaba a Perry, pero Sally me caía muy bien, a pesar de que sus implacables interrogatorios, en ocasiones, me provocaban retortijones. Gracias a Sally iba tan bien preparada a la presentación de Wallace.

Me sonsacó toda la información de la llamada con preguntas concisas, que desembocaron en una conclusión sensata: había sido una broma pesada de uno de los socios del club, o, quizá, de alguno de sus hijos, porque la voz parecía juvenil según el análisis de Sally.

Me sentí estafada, aunque también bastante aliviada.

Sally sacó una bandeja y un par de cajas de galletas de la salita de conferencias. Me explicó que las había dejado allí al llegar y, de repente, sintió la urgencia que le provocaron las dos tazas de café que se había tomado después de la cena.

—Creía que no llegaba —dijo, poniendo los ojos en blanco.

—¿Cómo van las cosas en el periódico? —pregunté, solo para que Sally siguiese hablando hasta que me recuperara del susto.

No conseguía superar esa llamada tan fácil y lógicamente como Sally. Mientras la seguía hacia la sala principal y ella me contaba la discusión con su nuevo editor, aún sentía el regustillo metálico de la adrenalina en la boca. Tenía los brazos con la piel de gallina y me arrebujé en el jersey.

Mientras ordenaba las galletas en la bandeja, Sally empezó a hablar sobre las elecciones para nombrar al sustituto del alcalde, que había muerto de forma inesperada.

—Según cuenta su secretaria, se quedó tieso en el mismísimo despacho —soltó, como si nada, mientras añadía otra fila de Oreos—. ¡Y solo llevaba un mes en el cargo! Acababa de comprar un escritorio nuevo. —Meneó la cabeza, no sé si porque lamentaba la muerte del alcalde o el desperdicio de la compra.

—Sally —dije, sorprendiéndome a mí misma—, ¿dónde está Mamie?

—¿A quién le importa? —respondió bruscamente. Me apuntó con un dedo, arqueando una ceja.

Sabía que debería reírme, Sally y yo ya habíamos comentado que Mamie no nos caía bien, pero no me molesté en hacerlo. El aspecto sensato y atractivo de Sally empezaba a irritarme: una permanente rizada de color bronce; un traje caro bien llevado, y unos zapatos, también muy lujosos, que le sentaban como un guante.

—Al aparcar —dije con bastante tranquilidad—, vi dos coches; el tuyo y el de Mamie. Reconocí el suyo porque tiene un Chevette como el mío, pero blanco en lugar de azul. Nosotras dos estamos aquí, así que, ¿dónde está Mamie?

—Ha colocado las sillas y preparado el café —explicó Sally después de barrer con la mirada su alrededor—. Pero no veo su bolso. Quizá ha olvidado algo y ha vuelto a casa.

—¿Y cómo no nos hemos cruzado con ella?

—Bueno, ¡yo que sé! —Sally empezaba a compartir mi irritación—. Ya aparecerá. ¡Siempre lo hace!

Las dos nos reímos, tratando de olvidar el disgusto mutuo con lo divertido que nos parecía que Mamie Wright se empeñase en acompañar a su marido a cualquier acontecimiento al que él asistiera, en formar parte de los mismos clubes que él y en compartir su vida hasta las últimas consecuencias.

Bankston Waites y su gran amor, Melanie Clark, entraron justo cuando dejaba el cuaderno de notas en la mesa del estrado y deslizaba el bolso debajo. Melanie trabajaba como administrativa en la aseguradora del marido de Mamie, y Bankston era responsable de préstamos del Associated Second Bank. Llevaban saliendo un año, desde que descubrieron que se gustaban en las reuniones de Real Murders, aunque fueron juntos al instituto de Lawrenceton, unos cuantos cursos por delante de mí, sin que saltara la chispa.

La semana pasada, la madre de Bankston me dijo en el supermercado que, cualquier día de estos esperaba un anuncio importante de la pareja. Hizo especial hincapié en ese punto, porque, hace ya más de un año, yo salí unas cuantas veces con Bankston y ella quería que yo me enterase claramente de que él quedaba fuera del mercado. Su madre era la única que esperaba ansiosa el inminente anuncio. En Lawrenceton no quedaba nadie soltero de la edad de Bankston y Melanie, salvo ellos. Él había cumplido treinta y dos años y Melanie, uno o dos más. Bankston tenía el pelo liso, rubio, un agradable rostro redondo y unos ojos ligeramente azules; no destacaba en nada especial. O, al menos, así había sido siempre. De pronto, me di cuenta de que los músculos de hombros y brazos se le marcaban por debajo de la camisa.

—¿Estás haciendo pesas, Bankston? —pregunté, sorprendida. Me habría interesado más si hubiese hecho gala de esa iniciativa cuando salíamos.

Creo que se ruborizó, pero no le desagradó la observación.

—Sí, ¿se nota mucho?

—Yo lo noto —dije con genuina admiración. Resultaba difícil creer que Melanie Clark motivara un cambio tan revolucionario en la vida sedentaria de Bankston, pero no cabía duda. Quizá, como Melanie no tenía familia que le exigiera atención, su novio la absorbía completamente. Sus padres, ambos hijos únicos, habían muerto años atrás; su madre, de cáncer, y su padre atropellado por un camión.

En ese momento, Melanie, la motivadora, parecía disgustada.

—¿Y a ti qué te parece, Melanie? —pregunté apresuradamente.

La chica se relajó visiblemente cuando demostré que reconocía su estatus de propietaria. Anoté mentalmente que debía cuidar mis palabras delante de Melanie, porque Bankston vivía en una de «mis» casas. Seguramente, Melanie sabía que Bankston y yo habíamos salido juntos, y le resultaría muy fácil imaginarse cosas que no eran ciertas sobre nuestra relación arrendador-arrendatario.

—El ejercicio ha hecho maravillas en Bankston —aseguró Melanie con naturalidad. Pero había un tufillo inconfundible en sus palabras. Melanie quería transmitirme un mensaje específico: Bankston y ella practicaban sexo. Me sorprendió un poco su empeño en que me enterara. Sus ojos brillaban, demostrando su pasión interior, que contrastaba con la serenidad aparente. Debajo de esa melena lisa, negra, de corte conservador, debajo de su sencillo vestido, Melanie, definitivamente, se sentía guerrera. Era de caderas y pechos generosos, pero, de repente, los vi como Bankston: símbolos de fertilidad en vez de impedimentos. Y tuve otra revelación: no solo se acostaban, sino que lo hacían a menudo y de manera exótica.

Observé a Melanie con más respeto. Cualquiera capaz de engañar al escrutinio colectivo de Lawrenceton delante de sus mismas narices definitivamente se lo merecía.

—Alguien llamó por teléfono antes de que llegarais —empecé a decir, y ellos me prestaron atención. Pero cuando iba a contarles lo ocurrido, oí unas carcajadas en la puerta que se abría. Mi amiga, Lizanne Buckley, entró con un pelirrojo muy alto. Verla allí fue toda una sorpresa. Era de las que tardaban un año en leer un libro, y sus aficiones, si es que las tenía, no incluían los crímenes.

—¿Qué demonios hace aquí? —preguntó Melanie. Parecía desconcertada, y decidí que teníamos a una nueva Mamie Wright en ciernes.

Lizanne (Elizabeth Anne) Buckley era la mujer más guapa de Lawrenceton. No necesitaba esforzarse lo más mínimo (y nunca lo hacía) para tener a todos los hombres a sus pies como alfombras y jamás titubeaba en pisarlos, tranquila y sonriente, sin bajar la mirada. Era amable, a su manera pasiva y lánguida, y concienzuda, siempre que no se le exigiera demasiado. Su trabajo como recepcionista y telefonista en la compañía eléctrica resultaba perfecto para ella —y para la compañía—. Los hombres pagaban las facturas rápidamente, sonriendo, y a cualquiera que se pusiese quisquilloso al teléfono lo remitía a las instancias superiores de la cadena de mando. En persona, nadie se ponía quisquilloso. El noventa por ciento de la población no podía enfadarse delante de Lizanne.

Pero también exigía la atención constante de sus novios, y el pelirrojo alto, de nariz ganchuda y gafas con montura metálica parecía esforzarse mucho.

—¿Sabes quién es el que viene con Lizanne? —pregunté a Melanie.

—¿No lo reconoces? —Su sorpresa era un poco sobreactuada.

Así que se suponía que debía conocerlo. Volví a examinar al recién llegado. Llevaba pantalones holgados y una chaqueta deportiva marrón claro, a juego con una camisa blanca, sencilla. Tenía unas manos y unos pies enormes y le flotaba el pelo alrededor de la cabeza como un halo cobrizo. Tuve que negar con la cabeza.

—Es Robin Crusoe, el escritor de novelas de misterio —dijo Melanie, triunfante.

La administrativa de una aseguradora metiéndole un gol a la bibliotecaria en su propio campo.

—Parece distinto sin la pipa en la boca —comentó John Queensland por detrás de mi hombro derecho. John, nuestro presidente, un adinerado promotor inmobiliario, iba inmaculado, como de costumbre: traje caro, camisa blanca, y ese pelo blanco, suave, con la raya afilada como una flecha. Me interesaba más desde que salía con mi madre. Creía que había algo más detrás de ese aspecto estereotipado. Después de todo, era un experto en Lizzie Borden.* ¡Y estaba convencido de su inocencia! Un auténtico romántico, aunque lo ocultaba de maravilla.

—¿Y qué hace aquí, con Lizanne? —pregunté en plan práctico.

—Lo averiguaré —respondió John inmediatamente—. Como presidente del club, debo darle la bienvenida. Por supuesto, los visitantes son bien recibidos, aunque no recuerdo ninguno antes.

—Espera, tengo que contarte lo de la llamada —dije apresuradamente. El recién llegado me había distraído—. Cuando entré, hace unos minutos...

Pero Lizanne me había visto y ya se acercaba a nosotros, arrastrando detrás a su acompañante.

—Roe, os he traído compañía esta noche —anunció Lizanne con su agradable sonrisa. Nos presentó a todos rápidamente, porque Lizanne conoce a todo el mundo en Lawrenceton. Mi mano acabó engullida en la del escritor, grande y huesuda, y vaya si me la estrechó. Eso me gustaba; odio que la gente te dé una mano lánguida y te deje el trabajo a ti. Levanté la mirada hacia su boca rugosa y sus pequeños ojos avellanados. El conjunto me agradaba.

* Una solterona de Nueva Inglaterra, la única sospechosa de los asesinatos de su padre y su madrastra, que se cometieron en su casa, a finales del siglo XIX. *(N. del T.)*

—Roe, te presento a Robin Crusoe, que acaba de mudarse a Lawrenceton —dijo Lizanne—. Robin, ella es Roe Teagarden.

Me dedicó una elogiosa sonrisa, pero estaba con Lizanne, así que no saqué conclusiones.

—Pensé que Robin Crusoe era un seudónimo —me susurró Bankston al oído.

—Yo también —murmuré—, pero, al parecer, no lo es.

—Pobre tipo, sus padres debían de estar mal de la cabeza —comentó Bankston disimulando una sonrisa, hasta que, por mis cejas arqueadas, se dio cuenta de que estaba hablando con alguien que se llamaba Aurora Teagarden.*

—Conocí a Robin cuando vino a contratar los servicios de luz —contaba Lizanne a John Queensland. John agasajaba a Robin Crusoe como era debido, feliz de tener a un personaje tan conocido en nuestro pueblecito. Le decía que, si así lo deseaba, se quedara mucho tiempo entre nosotros y todas esas cosas. John le presentó a Sally Allison, que hablaba con nuestro último socio, un oficial de policía, Arthur Smith. Si Robin era un tipo larguirucho, Arthur era bajo y recio, con una melena basta, rizada, clara, y la mirada decidida del toro que se sabe el macho más poderoso de la manada.

—Tienes suerte de conocer a un escritor tan famoso —le dije a Lizanne, celosa. Aún sentía la necesidad de hablar con alguien acerca de la llamada, pero Lizanne no era la persona más adecuada. Seguro que ni siquiera sabía quién era Julia Wallace. Y resultó que tampoco sabía quién era Robin Crusoe.

—¿Escritor? —soltó con indiferencia—. Estoy aburrida.

La observé, incrédula. ¿Aburrida con Robin Crusoe?

Una tarde que fui a la compañía eléctrica a pagar el recibo, Lizanne me confesó: «No sé por qué, pero, aunque me guste mucho un hombre, después de salir con él una temporada, me

* «Teagarden» significa 'jardín de té'. (N. del T.)

cansa un poco. Me cuesta mucho actuar como si me siguiese interesando, y, al final, tengo que dejarlo. Y a ellos siempre les molesta», añadió con una agitación filosófica de su brillante melena negra. La encantadora Lizanne nunca se había casado, vivía en un diminuto apartamento cerca de su trabajo y comía en casa de sus padres todos los días.

Incluso en ese momento, Robin Crusoe, un escritor deseable, se derretía con Lizanne, y ¡ella parecía... somnolienta! Robin se acercó a ella.

—¿En qué parte de Lawrenceton vives? —pregunté, porque el recién llegado parecía tristemente consciente de que no estaba a la altura de nuestra sirena local.

—En Parson Road. En un adosado. Estoy en un *camping* hasta que me lleguen los muebles, espero que mañana. Aquí, el alquiler de un sitio agradable es muy inferior a cualquier otro en la ciudad, cerca de la universidad.

De repente sentí que una oleada de alegría me invadía.

—Pues creo que soy tu casera —solté, pero después de comentar la coincidencia, eché una ojeada al reloj inquieta. John Queensland me lanzaba una mirada muy elocuente por encima del hombro de Arthur Smith. Él, como presidente, era el encargado de iniciar la reunión, y ya estaba listo.

Miré a mi alrededor, contando las cabezas. Jane Engle y LeMaster Cane habían llegado una detrás del otro y charlaban mientras se preparaban sendas tazas de café. Jane era una bibliotecaria escolar jubilada, que hacía sustituciones en la biblioteca del colegio y en la pública, una solterona sorprendentemente sofisticada, especializada en asesinatos victorianos. Siempre se recogía el pelo canoso en un moño y jamás usaba pantalones. Parecía dulce y frágil, como el encaje entrado en años, pero, después de treinta años de experiencia con estudiantes, era tan dura como un sargento de Marina. Idolatraba a Madeleine Smith, la sensual envenenadora escocesa, lo que, algunas veces, me suscitaba preguntas sobre su pasado. LeMaster era nuestro único socio afroamericano, un corpulento hombre de mediana edad, con barba y enormes ojos marrones, que regentaba un negocio de limpieza en seco. A LeMaster le interesaban los asesinatos con motivaciones raciales de los sesenta y principios de los setenta, los asesinatos de Zebra en San Francisco y el tiroteo de Jones-Piagentini en Nueva York, por ejemplo.

Perry Allison, el hijo de Sally, también había llegado y se sentó sin hablar con nadie. Lo cierto es que no formaba parte de Real Murders, pero, para mi disgusto, había acudido a las dos últimas reuniones. Ya lo veía bastante en el trabajo. Perry hacía gala de un molesto conocimiento sobre asesinos en serie, como los estranguladores de Hillside y el asesino de Green River, de motivaciones claramente sexuales.

Gifford Doakes estaba solo, algo habitual, a menos que trajese a su amigo Reynaldo. Le interesaban las masacres —la matanza de san Valentín, el Holocausto…, poco le importaba la diferencia—, le encantaban los cadáveres apilados. La mayoría de nosotros participábamos en Real Murders por razones claras, Dios mío, ¿quién no lee los artículos de asesinatos en los periódicos? Pero Gifford era harina de otro costal. Quizá se incorporó creyendo que intercambiábamos algún tipo de enfermiza pornografía sangrienta y ahí seguía, con la esperanza de que algún día confiásemos lo suficientemente en él como para compartir nuestros secretos. Cuando iba con Reynaldo, no sabíamos cómo tratarlo. ¿Era un invitado o una cita? Son dos cosas diferentes, y eso nos ponía un poco nerviosos, sobre todo a John Queensland, que consideraba su deber, como presidente, hablar con todos los presentes.

Y Mamie Wright sin aparecer por ninguna parte.

Si ordenó las sillas y preparó el café, y su coche seguía aparcado fuera, debía de estar en alguna parte. Aunque Mamie no me agradaba mucho, su ausencia me resultó tan extraña que me sentí obligada a investigar.

Justo cuando llegaba a la puerta, el marido de Mamie, Gerald, entró. Llevaba un maletín bajo el brazo y parecía enfadado. Por su mal humor, y porque me sentía estúpida con mi propia incomodidad, hice algo extraño: a pesar de ir a buscar a su mujer, lo dejé pasar sin decir nada.

El pasillo estaba muy silencioso cuando se cerró la puerta detrás de mí. El linóleo blanco con motas y la pintura beis casi brillaban, impolutas, bajo el duro destello de las luces fluorescentes. Rezaba por que el teléfono no sonase otra vez mientras observaba las cuatro puertas del otro lado del pasillo. Con una fugaz y absurda sensación salida directamente de *¿La Dama o el Tigre?*,* fui hacia la derecha para abrir la puerta de la salita de conferencias. Sally me dijo que había entrado solo para dejar la bandeja de galletas, así que registré la habitación con cuidado. Dado que apenas había nada que registrar, aparte de una mesa y unas sillas, apenas tardé unos segundos.

Abrí la siguiente puerta del pasillo, la del servicio de mujeres, a pesar de que Sally también lo visitó. Había solo dos cabinas, de modo que, sin duda, Mamie no estaba en el baño. Aun así, me incliné para mirar por el hueco. Vacío. Abrí las puertas. Nada.

Me faltó valor para comprobar el servicio de hombres, pero como Arthur Smith entró mientras yo dudaba, imaginé que no tardaría en saber si veía a Mamie dentro.

Seguí adelante. Entre aquel ambiente cegadoramente beis, vislumbré algo diferente que me hizo bajar la mirada hacia la parte inferior de la puerta y vi una mancha. Era de color marrón rojizo.

Los diferentes motivos de mi inquietud se condensaron de repente en puro horror. Contuve el aliento mientras extendía la mano para abrir la última puerta, la de la cocinilla que se usaba para preparar los refrigerios…, donde vi un pequeño zapato de color turquesa junto a la puerta.

* Popular relato corto de Frank R. Stockton, escrito en 1882. *(N. del T.)*

Y entonces, me fijé en que había salpicaduras de sangre en la cocina de esmalte beis brillante y en el frigorífico.

Y la gabardina.

Por último, me obligué a mirar a Mamie. Estaba muerta. Tenía la cabeza colocada de una manera completamente artificial y el pelo teñido de negro, enmarañado con coágulos de sangre. Pensé que, en teoría, el cuerpo es un noventa por ciento de agua, no de sangre. Entonces me zumbaron los oídos y empecé a sentirme débil, y, a pesar de saber que estaba sola en el pasillo, sentí la presencia de algo horrible en la cocina, algo temible. Y no era la pobre Mamie Wright.

Oí un crujido y la voz de Arthur Smith:

—¿Ocurre algo, señorita Teagarden?

—Es Mamie —susurré, aunque intentaba que mi voz sonase con normalidad—. Es la señora Wright. —Arruiné todo ese esfuerzo por mantener las formas derrumbándome sobre el suelo. Mis rodillas parecían haberse convertido en goznes defectuosos.

Arthur se puso detrás de mí al instante. Entornó la puerta para ayudarme, pero lo que vio por encima de mi cabeza lo dejó petrificado.

—¿Estás segura de que es Mamie Wright? —preguntó.

La parte que funcionaba de mi mente me dijo que Arthur Smith tenía motivos para preguntar. Quizá, si hubiese estado en su lugar, yo también sospecharía. Su ojo… Ay, Dios mío, su ojo.

—Mamie no ha entrado en la sala principal, pero su coche está aparcado fuera y ese es su zapato —conseguí decir con los dedos apretados sobre la boca.

La primera vez que la vi con esos zapatos, pensé que eran los más horribles del mundo. Odio el color turquesa. Intenté aliviarme con ese pensamiento. Era mucho más agradable que pensar en lo que tenía justo delante.

El policía me esquivó con mucho cuidado y se acuclilló con más cuidado, si cabe, junto al cuerpo. Le puso los dedos en el cuello. Sentí que la bilis me subía a la garganta. Mamie no tenía pulso, por supuesto. ¡Qué ridiculez! ¡Estaba muerta!

—¿Puedes levantarte? —me preguntó Arthur al cabo de un momento. Se limpió las manos mientras se incorporaba.

—Si me echas una mano.

Sin más ceremonias, Arthur Smith me puso en pie y me sacó por la puerta con un solo movimiento. Era muy fuerte. Me sujetó con el brazo mientras cerraba la puerta y me apoyó en ella. Sus ojos azules me miraban pensativamente.

—Eres muy ligera —dijo—. Estarás bien si te quedas aquí un momento. Voy al teléfono de la pared.

—Vale. —Mi propia voz me pareció extraña, ligera, metálica. Siempre me había planteado si sería capaz de mantener el tipo delante de un cadáver. «Pues, aquí estoy, manteniéndolo», pensé mientras observaba cómo se alejaba Arthur para llamar por el teléfono público. Me aliviaba no perderlo de vista. Puede que no tuviera tanto aplomo si me dejaba sola en ese pasillo, con un cadáver a mis espaldas.

Mientras Arthur murmuraba unas palabras por el auricular, yo mantuve los ojos pegados a la puerta de la sala principal del otro lado del pasillo, donde John Queensland debía de estar deseando empezar la reunión. Pensé en lo que acababa de ver. Pero no en que Mamie estaba muerta, sino en la realidad y lo definitivo de su muerte; en que alguien había montado una escena con el cuerpo de Mamie Wright como deliberado protagonista, y yo como accidental descubridora del cadáver. Ese escenario estaba preparado voluntariamente y, de repente, supe qué me escocía debajo de la capa del horror.

Pensé más deprisa que nunca. Ya no me sentía tan mal.

Arthur cruzó el pasillo hasta la puerta de la sala principal y la entreabrió solo lo suficiente para asomar la cabeza por el hueco. Oí cómo se hablaba a los miembros del club.

—Eh, amigos, ¿amigos? —Las voces callaron—. Ha habido un accidente —dijo enfáticamente—. Voy a tener que pediros que os quedéis en esta sala un rato, hasta que podamos controlar la situación aquí fuera.

Hasta donde yo podía entender, la situación ya estaba completamente controlada.

—¿Dónde está Roe Teagarden? —preguntó la voz de John Queensland.

El bueno de John. Tendría que decírselo a mi madre; se emocionaría.

—Está bien. Vuelvo dentro de un momento.

—¿Y dónde está mi mujer, señor Smith? —dijo la aguda voz de Gerald Wright.

—Volveré dentro de unos minutos —repitió el policía con firmeza, y cerró la puerta. Arthur se sumió en sus pensamientos; por cómo agitaba los dedos con la mirada perdida, parecía contar mentalmente los pasos a dar, y yo me pregunté si alguna vez habría llegado el primero a la escena de un crimen.

Esperé. Entonces sentí que las piernas volvían a temblarme y temí caerme otra vez.

—Arthur —llamé secamente—. Detective Smith.

Él dio un respingo. Se había olvidado de mí. Me agarró del brazo muy amablemente.

Le di un golpe con la mano libre, completamente ofendida.

—¡No quiero que me ayudes, sino ayudarte yo a ti!

Me dejó en una silla de la salita de conferencias y me miró como si esperase a que terminara mi oferta.

—Esta noche iba a presentar el caso Wallace, ¿recuerdas? ¿William Herbert Wallace y su mujer, Julia, Inglaterra, 1931?

Asintió con la cabeza de pelo rizado y pálido y supe que estaba a miles de kilómetros de allí. Me dieron ganas de abofetearlo. Sabía que sonaba como una idiota, pero yo tenía una idea en mente.

—No sé lo que recuerdas del caso Wallace; si has olvidado algo, te daré información más tarde. —Agité las manos para indicar que eso era lo de menos, y que ahora seguía con lo fundamental—: Lo que quiero decir, lo importante, es que alguien ha asesinado a Mamie Wright exactamente igual que a Julia Wallace. El escenario y ella estaban preparados.

¡Bingo! Su mirada azul, de repente, se volvió casi amedrentadora. Me sentía como un bicho empalado en un alfiler. La sutileza no era lo suyo.

—Señala algunos ejemplos para poder hacerles fotos antes de que lleguen los de la científica.

Resoplé, aliviada.

—Había una gabardina. Hace días que no llueve. Encontraron una gabardina debajo de Julia Wallace. Han colocado a Mamie junto a un hornillo de gas. La señora Wallace estaba junto a una estufa de gas y se desangró hasta morir, igual que Mamie, creo. Wallace era vendedor de seguros, como Gerald Wright. Y estoy segura de que se me escapan más cosas. Mamie tenía la misma edad que Julia Wallace.

Había tantos paralelismos que dudaba haberlos identificado todos.

Arthur se quedó mirándome pensativo unos segundos interminables.

—¿Hay fotografías del escenario del crimen de los Wallace? —preguntó.

«Las fotocopias me habrían venido muy bien en este momento», pensé.

—Sí, yo he visto una, pero puede que haya más.

—¿Arrestaron al marido?

—Sí, y lo condenaron. Pero, más tarde, conmutaron la pena y quedó en libertad.

—Vale. Ven conmigo.

—Una cosa más —dije con urgencia—. Esta noche, cuando he llegado, ha sonado el teléfono. Alguien preguntaba por la señora Julia Wallace.

CAPÍTULO 3

El silencioso pasillo ya no lo era tanto. Los policías entraron por la puerta de atrás y nosotros abandonamos la salita de conferencias. Iba al mando un hombre robusto, con chaqueta a cuadros, más alto y de mayor edad que Arthur, que llegó con dos agentes de uniforme. Mientras yo me quedé apoyada en una pared, olvidada por un momento, Arthur los llevó por el pasillo y abrió la puerta de la cocina. Se asomaron para mirar. Todos guardaron silencio un instante. El agente más joven hizo una mueca y luego recuperó la expresión. El otro movió la cabeza una vez y se quedó mirando a Mamie con expresión de disgusto. Me pregunté qué le disgustaba: ¿El destrozo del cuerpo de un ser humano o la pérdida de una vida? ¿O que alguien de la ciudad, al que supuestamente debían proteger, cometiera un acto tan terrible?

Deduje que el hombre de la chaqueta a cuadros era el sargento de la unidad; vi su foto en los periódicos cuando arrestaron a un traficante de drogas. Frunció los labios un momento.

—Dios —soltó con una expresión fugaz.

Arthur detalló la situación rápidamente y en voz baja. Supe a qué punto del relato había llegado cuando todas las cabezas se volvieron hacia mí simultáneamente. No sabía si asentir o qué hacer. Simplemente, me quedé mirándolos y sentí el peso de mil años sobre los hombros. Sus caras miraron de nuevo a Arthur cuando continuó con el informe.

Los dos agentes uniformados abandonaron el edificio mientras Arthur y el sargento siguieron hablando. Arthur parecía enumerar datos, el sargento asentía y, de vez en cuando, solapaba algún comentario. Arthur sacó un cuadernito de notas y garabateó algo a la vez que hablaba.

Otro recuerdo del sargento me vino a la cabeza.

Se llamaba Jack Burns. Le compró la casa a mi madre. Estaba casado con una maestra y tenía dos hijos en la universidad. En ese momento, Jack Burns hizo un gesto seco con la cabeza a Arthur, como si desenfundase un arma, y Arthur se dirigió a la puerta de la sala principal de conferencias y la abrió.

—Señor Wright, ¿podría acompañarme un momento, por favor? —pidió el detective Smith con una voz tan desnuda de expresión que era un aviso en sí misma.

Gerald Wright salió al pasillo, titubeante. A esas alturas, todos los de la sala sabían que había ocurrido algo terrible, y yo no podía evitar preguntarme qué estarían comentando. Gerald dio un paso hacia mí, pero Arthur lo sujetó del brazo con bastante firmeza y lo guio hasta la salita de conferencias. Yo sabía que estaba a punto de contarle que su mujer había muerto y me pregunté cómo se lo tomaría Gerald. Entonces sentí vergüenza.

Unas veces comprendía, como un ser humano decente, lo que le había pasado a una mujer que conocía, pero otras, no podía evitar pensar en su muerte como en uno de los casos de nuestro club.

—Señorita Teagarden —dijo Jack Burns con un tono arrastrado—. Usted debe de ser la hija de Aida Teagarden.

Bueno, también tenía un padre, pero él había cometido el pecado capital de inmigrar desde el extranjero (Texas) para trabajar en el periódico local de Georgia, casarse con mi madre, concebirme, luego marcharse y divorciarse de la autóctona Aida Brattle Teagarden.

—Sí —respondí.

—Lamento profundamente que haya tenido que presenciar algo así —dijo Jack Burns moviendo la cabeza en un gesto de pena.

Era tan exagerado que parecía una parodia de arrepentimiento. ¿Sería sarcasmo? Bajé la mirada sin responder. Lo último que necesitaba en ese momento. Estaba traumatizada y confusa.

—Me parece algo extraño que una mujer tan dulce como usted acuda a un club como este —continuó Jack Burns lentamente, con un tono que expresaba asombro y perplejidad—. ¿Podría aclararme cuál es el propósito de esta… organización?

Tenía que responder a una pregunta directa. Pero ¿por qué me la hacía a mí? Su propio detective pertenecía al mismo club. Ojalá ese hombre de mediana edad, con su chaqueta a cuadros y sus botas de vaquero, desapareciese como por arte de magia. Aunque conocía muy poco a Arthur, deseaba que volviese. Ese tipo me asustaba. Empujé las gafas sobre la nariz con dedos temblorosos.

—Nos reunimos una vez al mes para hablar de un asesinato famoso, normalmente antiguo.

El sargento parecía meditar profundamente.

—¿Hablar? —repitió amablemente.

—Eh…, a veces, sencillamente lo reseñamos: quién murió, quién y por qué lo mató. Los intereses de nuestros socios varían.

A mí me importaban más las víctimas.

—Otras veces —continué con torpeza—, dependiendo del caso, valoramos si la Policía arrestó a la persona adecuada. O, si el asesinato quedó sin resolver, discutimos sobre quién podría ser el culpable. A menudo, solo ponemos una película.

—¿Una película? —El sargento arqueó las cejas e hizo un leve gesto con la cabeza para que desarrollase ese punto.

—Como *La delgada línea azul,* o alguna basada en un caso real. *A sangre fría…*

—Pero nunca lo que ustedes llaman una *snuff movie*,[*] ¿verdad? —preguntó con delicadeza.

—Por Dios —exclamé con disgusto—. Por supuesto que no. ¿Cómo puede siquiera pensarlo? —pregunté con ingenuidad.

—Bueno, señorita Teagarden, estamos ante un asesinato de verdad, y tenemos que hacer preguntas de verdad —sentenció el sargento con una expresión muy poco agradable. Nuestro club había ofendido en algo la sensibilidad de Jack Burns. ¿Qué pensaría de Arthur, un oficial de Policía, miembro de Real Murders? Pues, al parecer, le permitiría participar en la investigación del caso hasta cierto punto—. Bien, señorita Teagarden —continuó Jack Burns, colocándose de nuevo la máscara y con la voz tan empalagosa como un buñuelo—. Dirigiré esta investigación y mis dos detectives de homicidios intervendrán en ella. Arthur Smith nos apoyará, porque los conoce a todos. Estoy convencido de que colaborará al máximo con él. Me ha dicho que sabe algo más del caso que el resto, que recibió una llamada telefónica y descubrió el cadáver. Puede que tengamos que volver a hablar de esto en más de una ocasión, así que le ruego paciencia. —Y, por su cara, supe que tendría que presentarme cada vez que me lo exigiese sin perder un minuto.

Llegados a este punto, consideraba a Arthur Smith mi más viejo y querido amigo, aunque solo fuese por lo tranquila que me sentía a su lado, en comparación con ese gélido hombre y sus terribles preguntas. Justo entonces apareció por detrás de su sargento, con una expresión neutra y una mirada cauta. Había escuchado, al menos, una parte de nuestra conversación, que podría parecer rutinaria si no fuera por la actitud amenazante de Burns.

—Señorita Teagarden —dijo Arthur con brusquedad—, ¿te gustaría unirte a los demás en la sala principal de conferencias? Te ruego que no hables de lo que ha pasado. Y gracias por todo.

[*] Las *snuff movies* son grabaciones de asesinatos reales. *(N. del T.)*

Con Gerald probablemente lamentándose en la salita de conferencias y Mamie muerta en la cocina, solo podía unirme a los demás, salvo que quisiera que me quedase en el servicio de mujeres.

Cuando abría la puerta, con un retortijón de emociones, entre las que predominaba el alivio, noté una mano en el brazo.

—Lo siento —murmuró Arthur. Por encima de su hombro vi la chaqueta a cuadros del sargento dándome la espalda mientras abría la puerta a unos agentes uniformados cargados con material—. Si no te importa, pasaré a verte por la mañana para hablar del caso Wallace. ¿Irás a trabajar?

—Mañana libro —respondí—. Estaré en casa.

—¿A las nueve será muy temprano?

—No, me parece bien.

Cuando entré en la sala principal, donde mis compañeros de club seguían encerrados en un mar de ansia, me dio por pensar que Arthur Smith se enfrentaba a un ser muy inteligente. Alguien fue minucioso y artístico con un tono degradante e imaginativo. Y ese alguien había lanzado un desafío a quien quisiera aceptarlo: «Averiguad quién soy, estudiantes aficionados del crimen. Yo me he graduado en la vida real. Esta es mi obra».

Sentí la urgencia instintiva de ocultar mis pensamientos. Barrí las malas ideas de mi mente e intenté no mirar a los ojos a mis compañeros, que me esperaban, tensos, en la sala. Pero Sally Allison era una profesional de las miradas esquivas, y la vi abrir la boca al cruzar su mirada con la mía. Sabía, sin lugar a dudas, que preguntaría si había encontrado a Mamie Wright. No era ninguna tonta. Negué firmemente con la cabeza y ella no se acercó.

—¿Estás bien, pequeña? —preguntó John Queensland, avanzando con una dignidad que era la piedra angular de su carácter—. Tu madre se enfadará cuando se entere... —Pero como John, que era un pomposillo, por así decirlo, no tenía ni idea de lo que iba a enterarse mi madre, tuvo que callar y me preguntó con la mirada.

—Lo siento —dije con un leve graznido. Agité la cabeza con irritación—. Lo siento —repetí con más fuerza—. No creo que el detective Smith quiera que diga nada antes de que habléis con él. —Lancé a John una ligera sonrisa y fui a sentarme en una silla junto a la cafetera, procurando ignorar las miradas indignadas y los murmullos de descontento que me disparaban. Gifford Doakes iba de un lado a otro, como una fiera enjaulada. A todas luces, los policías de fuera lo ponían muy nervioso. El novelista Robin Crusoe parecía más bien anhelante y curioso; Lizanne sencillamente destilaba aburrimiento. LeMaster Cane, Melanie y Bankston, igual que Jane Engle, susurraban entre ellos. Por primera vez, me di cuenta de que otro socio del club, Benjamin Greer, no había aparecido. Su asistencia era errática, como su vida en general, así que no le di especial importancia. Sally estaba sentada junto a su hijo, Perry, que esbozaba con sus labios finos una peculiar sonrisa. El ascensor de Perry no paraba en todos los pisos.

Me serví una taza de café lamentando que no fuese un trago de *bourbon*. Pensé en Mamie llegando temprano a la reunión, disponiéndolo todo, preparando cada café para no tener que beber el horrible brebaje de Sally... Estallé en lágrimas y me derramé el café por el jersey amarillo.

Esos horribles zapatos turquesa. Seguía sin poder quitarme de la cabeza ese zapato derecho en el suelo.

Oí un dulce murmullo que me alivió y supe que Lizanne Buckley venía en mi ayuda. Me ocultó, muy amablemente, de las miradas del resto de la sala con su propio cuerpo. Oí arrastrar una silla y vi un par de largas y delgadas piernas, enfundadas en unos pantalones. Su acompañante, el novelista pelirrojo, la ayudó y luego tuvo la delicadeza de alejarse. Lizanne se sentó y se acercó a mí. Tenía en la mano, con la manicura hecha, un pañuelo que dejó en el amasijo nervioso de la mía.

—Pensemos en otra cosa —dijo Lizanne en voz baja, aunque firme. Parecía muy segura de que yo pudiera hacerlo—. Tonta de mí —continuó, encantadora—. No consigo interesarme en las cosas que le gustan a Robin Crusoe, como los asesinatos. Así que, si a ti te gusta, tienes vía libre. Creo que os entenderíais muy bien. No tiene ningún problema —añadió apresuradamente, por si imaginaba que me ofrecía «mercancía dañada»—. Sería más feliz contigo, ¿no te parece? —preguntó persuasivamente. Estaba convencida de que necesitaba un hombre para sentirme mejor.

—Lizanne —contesté entre sollozos ahogados—, eres maravillosa. No sé de nadie que te supere. No quedan muchos solteros de nuestra edad en Lawrenceton, ¿verdad?

Lizanne parecía desconcertada. Obviamente, ella no se había dado cuenta de que escaseaban los solteros. Me preguntaba de dónde venían todos los que salían con ella. Probablemente, de muy muy lejos.

—Gracias, Lizanne —solté, impotente.

El sargento Burns apareció en el umbral y examinó la sala. Estaba segura de que memorizaba todas y cada una de las caras presentes. Frunció el ceño al ver a Sally Allison, debía de saber que era periodista. Y le molestó aún más la mirada que le lanzó Gifford Doakes, cuando detuvo en seco sus paseos a ninguna parte, llena de hostilidad.

—Vale, amigos —dijo tajantemente, mirándonos como si fuésemos unos extraños degenerados a los que había pillado medio desnudos—, se ha cometido un asesinato.

Eso ya no impresionaba a nadie. A fin de cuentas, todos los presentes acostumbrábamos a recopilar pistas. Aun así, se oyó un zumbido de desconcierto tras el anuncio de Burns. Unas cuantas reacciones se me quedaron clavadas. En la cara de Perry Allison se dibujó una sonrisa extraña y fui más consciente que nunca de que, en el pasado, Perry sufrió lo que la gente llama «problemas nerviosos», aunque trabajaba bien en la biblioteca. Su madre miraba su expresión con evidente ansiedad. El rostro del escritor pelirrojo se encendió de emoción, aunque procuró mantenerse en los lindes de la decencia. Nada de todo aquello le tocaba en lo personal, por supuesto. Acababa de llegar a la ciudad, apenas conocía a nadie y era su primera visita a Real Murders.

Lo envidiaba.

Me pilló mirándolo, observando su emoción, y se ruborizó.

Burns dijo claramente:

—Voy a llevarlos a la salita contigua individualmente, y uno de nuestros agentes de uniforme les tomará declaración. Luego podrán irse a casa, aunque tendremos que volver a vernos más adelante, supongo. Empezaré con la señorita Teagarden, ella ha pasado por el peor trago.

Lizanne me apretó la mano cuando me levanté para irme. Al cruzar el pasillo, vi que el edificio estaba atestado de policías. Jamás imaginé que había tantos agentes en Lawrenceton. Estaba aprendiendo muchas cosas esa noche, de un modo u otro.

Mi declaración habría resultado interesante si no hubiera estado tan nerviosa y cansada. Después de todo, llevaba años leyendo sobre procedimientos policiales e interrogatorios a todos los posibles testigos de un crimen, y allí estaba yo, delante de un policía de verdad interrogándome sobre un crimen de verdad. Pero solo me impresionó su minuciosidad. Me hizo cada pregunta dos veces, de distintas maneras. La llamada telefónica, por supuesto, centró bastante la atención. Lamentablemente, poco tenía que decir al respecto. Me preocupé un poco cuando irrumpió Jack Burns y me preguntó con insistencia por Sally Allison, sus movimientos y su comportamiento, pero tuve que afrontar el hecho de que, como Sally y yo fuimos las primeras en llegar al escenario del crimen —aunque en ese momento no teníamos la menor idea—, nos interrogarían más.

Me tomaron las huellas también, lo que habría sido muy interesante bajo otras circunstancias. Al salir de la salita, eché una mirada a la cocina sin querer. A Mamie Wright, ama de casa con tacones altos, la estaban procesando como «víctima de asesinato». No sabía nada de Gerald Wright. La salita de conferencias estaba vacía, así que lo habrían llevado a casa o, quizá, a la comisaría. Claro que sería el principal sospechoso, pero eso no me consolaba.

No lo consideraba el asesino. Pensaba que el culpable, hombre o mujer, fue quien llamó al Centro de Veteranos, y dudaba mucho que Gerald Wright hubiese recurrido a métodos tan sofisticados, en el supuesto de que quisiera matar a su mujer. Podría haberla enterrado en su sótano, como Crippen,* pero no la mataría en el Centro de Veteranos y luego llamaría por teléfono a los otros socios del club para ponerlos sobre aviso de sus actos. En realidad, Gerald no parecía ser un hombre divertido, por decirlo de alguna manera. Ese asesinato tenía un extraño componente de travesura. Habían colocado a Mamie como una muñeca, y la llamada telefónica era como un reto infantil: «Chincha, chincha, no podéis atraparme».

Mientras iba al coche muy despacio, no paraba de darle vueltas a la llamada. Sin duda, era una señal para alertar al club de que uno de sus miembros había planeado y ejecutado el asesinato. A Mamie Wright, esposa de un agente de seguros de Lawrenceton, Georgia, la habían apaleado hasta la muerte y colocado imitando el asesinato de la esposa del empleado de una aseguradora de Liverpool, Inglaterra. El crimen se había cometido en el lugar de reuniones del club, la noche en que se presentaba ese caso. Puede que cualquier persona ajena al club tuviese una cuenta pendiente con nosotros, aunque no era capaz de imaginar qué. No, alguien había decidido divertirse a

* Hawley Harvey Crippen, conocido como el doctor Crippen, fue un médico estadounidense que pasó a la historia por ser el primer asesino capturado con la ayuda del telégrafo. (N. del T.)

nuestra costa. Y estaba segura de que yo lo conocía y era socio de Real Murders.

Me parecía imposible tener que andar sola hasta el coche, conducir sola hasta casa y entrar sola, con las luces apagadas. Pero entonces recordé que todos los miembros de Real Murders, vivos o muertos, exceptuando a Benjamin Greer, estaban bajo investigación policial en ese mismo momento.

Yo era la persona más segura de Lawrenceton.

Conduje lentamente, tomé precauciones extra en las intersecciones con stop y puse los intermitentes mucho antes de realizar la maniobra. Estaba tan cansada que temía parecer ebria si me paraba una patrulla de carreteras…, si aún quedaba alguna en las calles. Sentí una inyección de alegría cuando aparqué el coche en mi plaza, tan familiar, introduje la llave en la cerradura y entré en mi territorio. Sorteando las brumas del cansancio, marqué el número de mi madre. Cuando descolgó le dije que daba igual lo que oyera, que yo me encontraba bien y no me había pasado nada horrible. Corté todas sus preguntas, dejé el auricular descolgado y vi que el reloj de la cocina marcaba las nueve y media. Asombroso.

Me arrastré escaleras arriba, quitándome el jersey y la camiseta mientras avanzaba. Me las arreglé para deshacerme del resto de la ropa, ponerme el camisón y reptar hasta la cama, antes de que el sueño me golpeara como un martillo.

A las tres de la madrugada me desperté empapada en sudor. Había soñado con un primerísimo plano de la cabeza de Mamie Wright.

Alguien se había vuelto loco o era increíblemente depravado. O ambas cosas.

CAPÍTULO 4

Abrí el grifo del todo para que el agua saliese bien caliente y me metí en la ducha. Eran las siete de una fría mañana de primavera y mi primer pensamiento consciente fue: «Hoy no tengo que ir al trabajo». El siguiente: «Me ha cambiado la vida para siempre».

La verdad es que nunca me había pasado nada del otro mundo; nada reseñable, ni para bien ni para mal. El divorcio de mis padres no fue agradable, pero hasta yo comprendí que era lo mejor para ellos. En ese momento, ya tenía carné de conducir, así que no dependía de nadie para que me llevara. Puede que el divorcio me hubiese vuelto más cauta; sin embargo, la cautela no es mala. Gozaba de una vida ordenada en un mundo complicado, y, aunque alguna vez sospeché que cumplía con el tópico de bibliotecaria de pueblo, también ansiaba desarrollar otros papeles. En las películas, algunas veces esas bibliotecarias, con el pelo recogido en un moño, despertaban, se soltaban la melena, se quitaban las gafas y bailaban un tango.

Quizá a mí me ocurriese lo mismo. Pero, mientras tanto, podía permitirme estar orgullosa de mí misma. Me había portado bien la noche anterior, nada destacable, pero bien. Salí airosa.

Pasé por la tediosa ceremonia de secarme la mata de pelo y me enfundé unos viejos vaqueros y un suéter. Bajé las escaleras

39

con unos mocasines y preparé café. La semana anterior había sacado la mesa de cocina y las sillas al jardín trasero, cuando decidí que la primavera había llegado del todo, así que, después de recoger los periódicos de la entrada, salí con mi taza al jardín. Podía sentirme sola allí, a pesar de que los Crandall, por un lado, y Robin Crusoe, por el otro, podían ver mi jardín desde la primera planta de sus respectivas casas. El dormitorio trasero era pequeño y sabía que todo el mundo lo empleaba como habitación de invitados, así que, había muchas probabilidades de que nadie me estuviese mirando.

Sally no había conseguido colar la historia en su periódico. Seguro que ya había entrado en imprenta antes siquiera de que comenzase la reunión. Pero el reportero local, contratado por el periódico de la ciudad, había tenido más suerte. «Mujer de Lawrenceton, asesinada», rezaba el soso titular de la sección local y estatal. El artículo iba acompañado de una fotografía de Mamie. Me sorprendió la diligencia del reportero. Ojeé el artículo rápidamente. Era necesariamente corto y no contaba nada que yo no supiese, salvo que la Policía no había encontrado el bolso de Mamie. Eso me hizo fruncir el ceño. Algo parecía no encajar. Algo delataba que ese asesinato no era uno cualquiera. Me preguntaba si la Policía había censurado alguna información. Pero la noticia no tardaría en invadir todo Lawrenceton, de eso estaba segura. A pesar de haberse convertido en una ciudad dormitorio de Atlanta, Lawrenceton no dejaba de ser un pueblecito. En el periódico aparecía mi nombre: «La señorita Teagarden, nerviosa por la continuada ausencia de la señora Wright, registró el edificio y encontró su cadáver en la cocina». Me estremecí. Sonaba tan sencillo sobre el papel.

El teléfono sonó. «Mi madre, seguro», pensé, y volví a la cocina. Cogí el auricular mientras me servía otro café.

—¿Te encuentras bien? —me preguntó inmediatamente—. John Queensland pasó por aquí anoche, cuando la Policía le permitió irse, y me lo ha contado todo.

John estaba esforzándose mucho para que mi madre se encariñase. Bueno, llevaba mucho tiempo sola (aunque no siempre fue así).

—Me encuentro muy bien —murmuré cautelosamente.

—Fue horrible, ¿verdad?

—Sí —respondí, y era cierto. Había sido horrible, pero emocionante, y cuantas más horas pasaban, más emocionante y soportable me parecía. No quería olvidar el horror; eso te hace civilizado.

—Lo siento —se lamentó mi madre, desesperada. Ninguna de las dos supo qué más decir—. Me ha llamado tu padre —soltó como si nada—. ¿Has tenido el teléfono desconectado?

—Sí.

—También estaba preocupado por ti; me ha dicho que cuidarías de Phillip la semana que viene, ¿no? Y no sabía si podrías; pero dijo que si no te apetecía, que lo llamases y cambiaría los planes. —Mi madre hacía todo lo que podía para no llamar a su exmarido «bastardo egoísta» por sacar ese tema en un momento así.

Yo tenía un hermanastro, Phillip, de seis años, un chico asustadizo y maravilloso, al que podía soportar fines de semana enteros sin que me estallaran los nervios. Se me había olvidado por completo que mi padre y su segunda mujer, Betty Jo —todo un cambio con respecto a Aida Teagarden—, iban a pasar unos días en una convención, en Chattanooga.

—No pasa nada, lo llamaré más tarde —dije.

—Bien. ¿Me avisarás si necesitas cualquier cosa? Puedo llevarte algo de comer, o puedes venir a mi casa.

—No, estoy bien. —Un poco exagerado, pero bastante aproximado a la realidad. De repente, sentí la necesidad de decirle algo de verdad, algo imborrable, a mi madre. Pero lo único que se me ocurría era lo que no soportaba verbalizar. Deseaba contarle a mi madre que me sentía más viva que en años; que, por fin, me había ocurrido algo trascendente. Ahora, en vez de leer asesinatos antiguos, de conocer la pasión, la desesperación y la maldad en una página impresa, sabía que esas cosas anidaban en personas que me rodeaban. Pero insistí—: En serio, estoy bien. Y la Policía vendrá esta mañana, será mejor que me prepare.

—De acuerdo, Aurora. Pero llámame si tienes miedo. Y ya sabes que puedes quedarte en casa.

Sentí un repentino aluvión de energía nerviosa nada más colgar. Miré a mi alrededor y decidí darle buen uso ordenando. Primero, la salita-comedor-cocina y el jardín trasero, luego el salón, que apenas utilizaba. Revisé el pequeño cuarto de baño del piso inferior para asegurarme de que tenía papel higiénico y corrí escaleras arriba para hacer la cama. La habitación de invitados estaba impoluta, como siempre. Reuní la ropa sucia y troté escaleras abajo con el montón, que tiré, sin más ceremonias, por las escaleras del sótano, junto a la lavadora. Lawrenceton está a bastante altura como para poder permitirnos unos sótanos decentes.

Cuando miré el reloj y vi que faltaba un cuarto de hora para que llegara Arthur Smith, comprobé que quedaba suficiente café y volví arriba a maquillarme un poco, algo sencillo, porque no me pinto demasiado, casi ni me miré al espejo para aplicármelo. Lo hice por costumbre, y no parecía más interesante o experimentada que el día anterior. Mi cara aún seguía pálida y redonda, la nariz corta y recta, adecuada para sostener las gafas, los ojos, ampliados tras las lentes, redondos y marrones. El pelo suelto revoloteaba por la cabeza en una ondulada masa marrón que me llegaba a media espalda. Y, por una vez, así la dejé. Me molestaría y se me pegaría a las comisuras de los labios o se me enredaría en las patillas de las gafas, pero ¡qué demonios! Entonces oí el timbre doble de la entrada delantera y volé escaleras abajo.

La gente siempre llamaba a la puerta trasera, pero Arthur había aparcado en la calle en vez de en la plaza privada de los apartamentos. Con un traje nuevo, afeitado y con el pelo claro, aún húmedo de la ducha, parecía cansado.

—¿Te encuentras bien esta mañana? —preguntó.

—Mucho mejor. Adelante.

Cuando pasó por el salón, miró a su alrededor, sin disimulo, atento a todos los detalles. Se detuvo un momento en la salita donde suelo hacer vida.

—Es bonito —dijo, impresionado. Esa habitación soleada, con un ventanal abierto al jardín trasero lleno de rosales, era muy agradable. «Las paredes de ladrillo visto y los libros le dan el aire de la guarida de un intelectual», pensé mientras lo invitaba a sentarse en el sofá de dos plazas marrón y le preguntaba si quería un café.

—Sí, solo —aceptó ansiosamente—. Casi no he dormido en toda la noche.

Al inclinarme para dejar la taza en la mesa baja, me di cuenta, algo avergonzada, de que no miraba la taza.

Me senté frente a él, en mi sillón favorito, lo suficientemente bajo para que los pies toquen el suelo y lo bastante ancho como para hacerme un ovillo dentro, con una mesita al lado en la que cabe un libro o una taza de café.

Arthur dio un sorbo, me echó otra mirada y me dijo que estaba muy bueno, antes de ir al grano.

—Tenías razón. Movieron el cadáver después de asesinarla para que apareciera en esa postura cuando la encontraran —explicó sin rodeos—. La mataron en la cocina. A Jack Burns le está costando asimilar la teoría de que imitaron el asesinato Wallace, pero voy a intentar convencerlo. Sin embargo, él está al mando, yo lo asesoro solo porque conozco a todos los implicados, pero, la verdad, mi especialidad son los robos con allanamiento.

Se me ocurrieron algunas preguntas, pero decidí callarme por educación. Sería como explicarle a un médico tus síntomas en una fiesta.

—¿Qué le asusta tanto a Jack Burns? —pregunté abruptamente—. ¿Por qué se esfuerza en intimidarte? ¿Adónde quiere llegar?

Al menos Arthur no tenía que preguntarme qué quería decir. Sabía perfectamente cómo era Jack Burns.

—A Jack no le importa caer bien a la gente —dijo Arthur sencillamente—. Es una gran ventaja, especialmente para un poli. Ni siquiera le importa caer bien a sus compañeros. Solo quiere resolver los casos lo antes posible, sacar toda la información a los testigos y castigar a los culpables. Quiere que el mundo baile a su ritmo y le da igual qué hacer para conseguirlo.

Daba miedo.

—Al menos sabes con quién te juegas los cuartos —afirmé sin mucha convicción. Arthur lo admitió, dándolo por sentado.

—Cuéntame todo lo que sepas sobre el caso Wallace —me pidió.

—Bueno, la verdad es que estoy bastante informada, debía presentarlo anoche —expliqué—. Me pregunto si, quienquiera que matase a Mamie, lo imitó por eso.

En cierto modo me alegraba de poder, al fin, soltar el discurso que tanto me había preparado. Y no solo a un compañero de afición, sino a un profesional.

—En opinión de varios investigadores criminales eminentes, es el misterio definitivo de un asesinato —empecé—. William Herbert Wallace, vendedor de seguros de Liverpool —levanté un dedo para señalar la primera similitud—, casado y sin hijos. —Otro dedo. Entonces pensé que Arthur podría sobrevivir sin que le dijera cómo hacer su trabajo—. Wallace y su esposa, Julia, eran un matrimonio de mediana edad, sin mucho dinero, pero con capital intelectual. Interpretaban duetos por las noches. No se divertían demasiado ni tenían muchos amigos. Tampoco se los conocía por sus discusiones.

»Wallace seguía un plan regular de cobro con los clientes suscritos a su empresa privada y llevaba el dinero a casa siempre la misma noche: los martes. También jugaba al ajedrez y participaba en un torneo de un club local. Había una lista de las eliminatorias colgada de una de las paredes del club, a la vista de todos. —Arqueé las cejas para asegurarme de que Arthur tuviese claro que este era un punto importante. Asintió—. Vale. Wallace no tenía teléfono en casa. Un día recibió una llamada en el club de ajedrez antes de llegar. Otro miembro anotó el mensaje. El que llamaba dio su nombre, Qualtrough, y dijo que quería contratar una póliza para su hija y que, por favor, Wallace pasara por su casa la noche siguiente, un martes.

»A Wallace le perjudicó —expliqué, imprimiendo un poco de emoción—, que la llamada se hubiera recibido en el club cuando él no estaba. Había una cabina telefónica cerca de su casa, que podría haber utilizado para llamar él mismo diciendo ser Qualtrough.

Arthur tomaba notas en un cuadernillo de cuero que había sacado de alguna parte.

—Bien. Wallace llega poco después de que Qualtrough llame al club. Habla del mensaje con otros jugadores de ajedrez. ¿Querrá que lo recuerden? O es el asesino y se prepara la coartada o el verdadero asesino se asegura de que Wallace no esté en casa la noche del martes. Y esta doble posibilidad, que casi lleva a Wallace a la horca, nunca ha dejado de sobrevolar el caso. —Sentí ganas de preguntar: ¿podría un escritor imaginar algo tan interesante? Pero continué con la exposición—. Así pues, en la noche acordada, Wallace va al encuentro de ese hombre, que se llama Qualtrough y quiere contratar una póliza de seguros. Vale, Wallace necesitaba cerrar cualquier negocio posible y, sí, sabemos cómo son los vendedores de seguros, también hoy, pero, aun así, Wallace recorrió una enorme distancia para verse con el supuesto cliente. La dirección que Qualtrough dejó en el club de ajedrez estaba en Menlove Gardens Este. Existe Menlove Gardens Norte, Sur y Oeste, pero no Este; así que era falsa. Wallace pregunta a todo aquel con el que se cruza, ¡incluso a un policía!, si conocían esa dirección. Puede que sea cabezonería o determinación para imprimir el recuerdo de su presencia en el mayor número de personas posible. Como esa dirección simplemente no existe, volvió a casa.

Hice una pausa para tomar un sorbo de mi café tibio.

—¿Ella ya estaba muerta? —preguntó Arthur astuto.

—Exacto, y ese es el quid de la cuestión. Si Wallace la mató, debió de hacerlo antes de salir a esa búsqueda inútil, y, entonces, todo lo que te voy a contar fue puro teatro.

»Llega a casa e intenta abrir la puerta delantera, según declara más tarde. La llave no funciona. Piensa que Julia ha echado el cerrojo por alguna razón y no oye el timbre. En cualquier caso, una pareja que vive al lado sale de casa y ve a Wallace en su puerta, aparentemente angustiado. O su actitud es genuina o ha estado esperando en la oscuridad a que alguien pueda ser testigo de su llegada.

La cabellera rubia de Arthur se agitaba de un lado a otro, lentamente, a medida que asimilaba las vueltas de tuerca de este clásico. Me imaginé a los policías de Liverpool, en 1931, sentados y sacudiendo la cabeza exactamente igual. O quizá no; desde el principio estuvieron convencidos de que tenían a su hombre.

—¿Wallace era amigo de los vecinos? —preguntó.

—No especialmente. Tenían buena relación, aunque impersonal.

—Así que podía contar con ellos como testigos imparciales —observó Arthur.

—Si lo hizo él. Casualmente, el resultado de todo este asunto del cerrojo, que Wallace insistió en que no podía abrir con su llave, fue un punto clave en el juicio, aunque el testimonio resultó un tanto turbio. Igual de dudoso que el de un muchacho que llamó a la puerta para dejar la leche del día, un periódico o lo que fuera, y la señora Wallace le abrió sana y salva; y si se hubiera podido demostrar que, en ese momento, su marido ya había salido, asunto aclarado. Pero no se pudo. —Tomé una bocanada de aire. Llegábamos a la escena crucial—. Sea como fuere, Wallace y los vecinos entran en la casa, ven algo de desorden en la cocina y en otra habitación, creo, pero nada de grandes destrozos. Alguien había desvalijado la caja donde Wallace guardaba el dinero de las pólizas. Por supuesto, todo ocurrió el martes, cuando estaba llena.

»A estas alturas, los vecinos están atemorizados. Wallace los llama desde el salón delantero, una estancia que casi no se usaba.

»Allí está Julia Wallace, tumbada frente a la estufa de gas, sobre una gabardina. La gabardina, parcialmente quemada, no es suya. La han apaleado hasta matarla, con extrema brutalidad y fuerza innecesaria. No la han violado. —Me detuve de repente—. Doy por sentado que a Mamie tampoco la violaron —dije en voz baja, temiendo la respuesta.

—Hasta donde sabemos, parece que no —contestó Arthur, ausente, sin dejar de tomar apuntes.

Resoplé.

—Bueno, Wallace expone que Qualtrough, quien por supuesto debe ser el asesino si él es inocente, llamó a la puerta de su casa cuando él se marchó. Obviamente, Julia no tenía mucha confianza con él, o quizá fuera un completo desconocido, porque lo llevó al salón de invitados. —«Lo mismo que haría yo con un vendedor de seguros», pensé—. La gabardina, una vieja prenda de Wallace, quizá la utilizó ella para echársela sobre los hombros, porque en el impoluto salón hacía frío hasta que la estufa, que aparentemente encendió, lo templó. No robaron mucho dinero, Wallace había estado enfermo esa semana y no había podido recaudar la cantidad habitual. Pero, supuestamente, nadie más lo sabía.

»Según lo que la Policía averiguó, Julia, sin lugar a dudas, no tenía una aventura ni jamás había ofendido personalmente a nadie.

»Y este es el caso Wallace.

Arthur se perdió en sus pensamientos, con los ojos azules fijos en un punto en el vacío.

—Flojo, en todo caso —dijo finalmente.

—Así es —concedí—. No hay ninguna prueba sólida contra Wallace, salvo que era su marido y la única persona que parecía conocerla lo suficiente como para matarla. Todo lo que dijo podría ser verdad…, en cuyo caso, lo juzgaron por la muerte de la persona a quien más quería en el mundo, mientras el asesino de verdad disfrutaba en libertad.

—¿Detuvieron a Wallace?

—Y lo condenaron. Pero después de un tiempo en la cárcel quedó libre por una sentencia única en la jurisprudencia británica. Creo que un tribunal superior determinó que no había pruebas suficientes para que el jurado condenara a Wallace, al margen de lo que pensaran los miembros de este. Pero la prisión y toda la experiencia habían mermado a Wallace notablemente y murió dos o tres años después, aferrado aún a su inocencia. Decía que sospechaba quién era Qualtrough, pero no tenía pruebas.

—Yo también habría apostado por Wallace, teniendo en cuenta las pistas —dijo Arthur sin dudarlo—. La probabilidad apunta a Wallace, porque suele ser el marido quien tiene más motivos para eliminar a la esposa…, pero, como no hay pruebas determinantes en uno u otro sentido, casi me sorprende que el Estado decidiera siquiera procesarlo.

—Puede que —añadí sin pensar— la Policía sufriera presiones para detener a alguien.

Arthur parecía tan cansado y sombrío que intenté cambiar de tema.

—¿Por qué te uniste a Real Murders? —pregunté—. ¿No es un poco raro para un policía?

—Para mí no —dijo tajantemente. Me hundí en el sillón—. Mira, Roe, quería ir a la facultad de Derecho, pero no había dinero. —Recordé que la familia de Arthur era bastante humilde, creí haber ido al instituto con una de sus hermanas. Arthur debía de tener dos o tres años más que yo—. Hice dos cursos en la universidad, pero luego me di cuenta de que no conseguiría pagar la carrera, porque no podía trabajar y estudiar a la vez. Entonces, también me aburrí de la universidad, así que decidí ejercer derecho desde otra perspectiva. No todos los policías son iguales, ¿sabes? —Me di cuenta de que no era la primera vez que soltaba ese rollo—. Algunos parecen salidos de un libro de Joseph Wambaugh,[*] porque él también fue poli y escribe libros muy buenos: bocazas, bebedores, machotes, en su mayoría sin educación y a veces brutales. Algunos están mal de la cabeza, como en cualquier oficio, y a otros les gusta pegar. No hay muchos progresistas, con P mayúscula, en el cuerpo y muchos menos licenciados universitarios. Pero entre ellos se puede encontrar todo tipo de personas. Algunos de mis amigos, algunos policías, se tragan todas las series de policías que emite la televisión para saber cómo actuar. Otros (no muchos) leen a Dostoyevski. —La sonrisa casi resultaba extraña en su cara—. A mí me gusta estudiar crímenes antiguos, ver cómo los enfocó la Policía y analizar su procedimiento. ¿Alguna vez has leído algo sobre el caso de June Anne Devaney, de Blackburn, Inglaterra, eh…, sobre finales de los años cuarenta?

—¿La asesina de niños?

—Sí. ¿Sabías que la Policía convenció a cada adulto de Blackburn para que diera sus huellas dactilares? —El rostro de Arthur casi se iluminó entusiasmado—. Así atraparon a Peter Griffiths. Comparando cientos de huellas con las que él dejó en el escenario. —Se perdió en la admiración por un instante—. Por esa razón me uní a Real Murders —añadió—.

* Reconocido autor estadounidense, especializado en novela policiaca, cuyos relatos son ficciones basadas en hechos y experiencias reales. *(N. del T.)*

Pero ¿qué sacaba una mujer como Mamie Wright estudiando el caso Wallace?

—¡Oh, vigilar a su marido! —solté con una sonrisa, pero luego sentí una punzada de abatimiento cuando Arthur volvió a abrir su cuadernillo.

Casi con dulzura, señaló:

—Bueno, este asesinato es de verdad. Un asesinato actual.

—Lo sé —dije, y volví a ver a Mamie.

—¿Gerald y Mamie se peleaban mucho?

—Nunca, que yo sepa —indiqué rotundamente. Siempre creí en la inocencia de Wallace—. Solo parecía que ella lo vigilaba por otras posibles mujeres.

—¿Piensas que tenía sospechas fundadas?

—Jamás se me pasó por la cabeza. Gerald es muy aburrido y… Arthur, ¿crees que Gerald pudo hacerlo? —No me refería al aspecto emocional, sino al práctico, y él me entendió.

—¿Sabes por qué dijo Gerald que llegó tarde a la reunión y por qué Mamie fue sola? Gerald recibió la llamada de un desconocido, pidiendo información sobre un seguro para su hija.

Sabía que me había quedado con la boca abierta. La cerré lentamente, pero temía que no fuese a parecer más inteligente.

—Alguien nos está dando un bofetón en la cara, Arthur —señalé lentamente—. Quizá te desafía especialmente a ti. A Mamie ni siquiera la asesinaron por ser ella. —Aquello era especialmente horrible—. La mataron por ser la mujer de un vendedor de seguros.

—Y te diste cuenta de eso anoche. Lo sabes.

—Pero ¿y si hay más? ¿Y si imita el asesinato de June Anne Devaney y mata a un crío de tres años? ¿O si copia los asesinatos del Destripador? ¿Y si mata a gente para comérsela, como hizo Ed Gein?

—No imagines tantas pesadillas —respondió Arthur bruscamente. Fue tan directo que seguramente él ya lo había pensado antes—. Bien, ahora tengo que anotar todo lo que hiciste ayer, empezando por cuando saliste del trabajo.

Si lo que pretendía era arrancarme de los horrores, lo consiguió. Aunque solo fuese sobre el papel, era una de las personas que debía declarar sus movimientos; no exactamente sospechosa, pero posible. Además, mi llegada al club ayudaría a establecer el momento de la muerte. Aunque le había dado todas las vueltas posibles la noche anterior, volví a relatar las trivialidades que hice.

—¿Tienes información sobre el caso Wallace que pudieras prestarme? —preguntó, levantándose del sofá con desgana. Parecía más cansado que antes, como si relajarse un momento solo hubiera servido para recordarle lo agotado que estaba—. También necesitaría una lista de los socios del club.

—Puedo ayudar con el asunto Wallace —solté—, pero la lista se la tendrás que pedir a Jane Engle. Ella es la secretaria del club.

Tenía a mano el libro que había utilizado para preparar la presentación. Comprobé que mi nombre estaba escrito y le dije a Arthur que lo denunciaría si no me lo devolvía. Luego salió por la puerta delantera.

Para mi sorpresa, me puso las manos sobre los hombros sin intención de apretarlos.

—No estés tan deprimida —me consoló. Sus grandes ojos azules engulleron los míos. Sentí que un escalofrío me recorría la columna—. Anoche te quedaste con un detalle que a la mayoría le habría pasado desapercibido. Fuiste dura, inteligente y sagaz. —Tomó un mechón suelto de mi pelo y lo enrolló en uno de sus dedos—. Te llamaré —dijo—. Puede que mañana.

Resultó que hablamos, pero antes de lo esperado.

CAPÍTULO 5

Cuando acompañé a Arthur a la puerta, me fijé en un camión de mudanzas aparcado frente al apartamento de Robin Crusoe. Por pura curiosidad, cuando sonó el teléfono, decidí responder a todas las llamadas desde el del dormitorio, que tenía un cable muy largo y me permitía espiar el desembalaje del vecino. Y no dejó de sonar, a medida que la noticia del asesinato de Mamie Wright fue extendiéndose entre los amigos y los compañeros de trabajo. Justo cuando iba a marcar su número, llamó mi padre. Parecía igual de preocupado por mi estado emocional que por si seguiría dispuesta a cuidar de Phillip.

—¿Estás bien? —preguntó en voz bajita el mismísimo Phillip. Por lo general, vocifera, pero es incomprensiblemente tranquilo al teléfono.

—Sí, hermanito, estoy bien —respondí.

—Es que me apetece mucho ir a verte. ¿Puedo?

—Claro.

—¿Harás una tarta de nueces?

—Puede, si se me pide como es debido.

—¡Por favor, por favor, por favor!

—Mucho mejor. Cuenta con esa tarta.

—¡Bien!

—¿Crees que te estoy chantajeando? —preguntó mi padre cuando Phillip le pasó el auricular.

—Pues sí.

—Vale, vale, me siento culpable. Pero a Betty Jo le apetece mucho esa convención. Su mejor amiga de la universidad se casó también con un periodista y ellos van a ir.

—Dile que, de todos modos, yo cuidaré de él. —Adoraba a Phillip, aunque al principio me horrorizaba hasta tenerlo en brazos, dada mi nula experiencia con bebés. Rompiendo una lanza a favor de Betty, ella siempre se esforzó por que Phillip conociese a su hermana mayor.

Tras colgar, el resto del día se abrió ante mí como la boca de una cueva. Era mi día libre, así que intenté hacer las cosas típicas de un día libre: pagué facturas y puse la lavadora.

Mi mejor amiga, Amina Day, acababa de mudarse a Houston para aceptar un trabajo tan bueno que no podía culparla por irse, pero la echaba de menos, y no pude evitar sentirme una paleta aburrida hasta que anoche entré en la cocina del Centro de Veteranos. Amina no se creería que había vivido una auténtica experiencia traumática en pleno Lawrenceton. Decidí llamarla esa noche, y la expectativa me subió el ánimo.

Ahora que el primer impacto de la noche anterior se había disipado, todo me parecía curiosamente irreal, como un libro. Había leído tantos, de ficción y de historias reales, en los que una joven entraba en una habitación (atravesaba un campo, bajaba unas escaleras o cruzaba una calle) y encontraba un cadáver... Podía distanciarme de la realidad de una Mamie muerta pensando en la situación más que en la persona.

Anoté mentalmente todas esas diferencias mientras tomaba un nutritivo almuerzo de Cheezits* y atún. Esos pensamientos me llevaron de nuevo a la conclusión de que me habían pasado tan pocas cosas en la vida que, para una vez que me ocurría algo, no podía parar de darle vueltas. No dejaría de absorber o analizar cada instante.

Estaba claro que había que tomar cartas en el asunto.

* Galletitas crujientes de la marca Kellogg's. *(N. del T.)*

Con el sabor del almuerzo aún en la boca, fue fácil decidir que esas cartas debían materializarse en un viaje a la tienda de comestibles. Confeccioné una de mis metódicas listas y reuní mis cupones.

Como cabía esperar, la tienda estaba hasta arriba porque era sábado, vi a mucha gente que sabía lo ocurrido la noche anterior. Yo me mostraba reacia a hablar del asunto con personas que no hubieran estado allí. Nadie me había dicho que no mencionara la relación del asesinato con otro antiguo, pero no tenía sentido que se lo contara a la gente de la cola. No obstante, incluso las respuestas monosilábicas me entretuvieron considerablemente, y, cuarenta minutos más tarde, aún iba por la mitad de la lista. Cuando estaba en la carnicería debatiéndome entre la hamburguesa fina o la extrafina, oí unos golpes. Me puse nerviosa, hasta que levanté la mirada. Benjamin Greer, el único socio de Real Murders que no había asistido a la última reunión, daba golpecitos en el cristal del mostrador de la carne. Detrás de él, unas relucientes máquinas metálicas cumplían con su cometido, mientras otro carnicero, con un delantal ensangrentado como el de Benjamin, empaquetaba carne para asar.

Benjamin era un hombre corpulento con una etérea cabellera rubia, que se repeinaba sobre la incipiente calvicie. Había intentado dejarse bigote para compensar el menguante pelo del cráneo, pero daba la impresión de que tenía el labio superior sucio y me alegró ver que se lo había afeitado. No era muy alto, ni tampoco muy avispado, pero trataba de contrarrestar esos rasgos con una cordialidad digna de un cachorrillo y una gran disposición a hacer favores. Por otro lado, si no lo necesitabas, aunque se lo dijeras con muchísimo tacto y delicadeza, se enfurruñaba y autocompadecía. Benjamin era una persona difícil, uno de esos tipos que consiguen que te avergüences de ti misma si no te caen bien, y, al mismo tiempo, es casi imposible que te caiga bien.

A mí no me gustaba, por supuesto. Me pidió salir tres veces y cada una de ellas, avergonzándome profundamente de mí misma, le dije que no. Por muy desesperada que estuviese por salir con un hombre, mi estómago no soportaba la idea de que fuera Benjamin.

Antes había intentado entrar en una iglesia fundamentalista, entrenar la liga de alevines y, en ese momento, participar en Real Murders.

Le dediqué una sonrisa hipócrita y maldije la carne de hamburguesa que me había llevado a tenerlo delante.

Atravesó a toda prisa la puerta abatible a la derecha de la carne. Me esforcé para no perder los modales.

—Unos policías vinieron a casa anoche —dijo sin resuello—. Querían saber por qué no había asistido a la reunión.

—¿Qué les contaste? —pregunté sin rodeos. El delantal ensangrentado me estaba poniendo mal cuerpo. De repente, las hamburguesas me parecieron algo asqueroso.

—Bueno, lamenté perderme tu presentación —me aseguró, como si eso me preocupara—, pero tenía otros planes. —«Chúpate esa», decía su expresión.

Las palabras de Benjamin eran delicadas y se disculpó con la misma voz humilde de siempre, pero su expresión tenía algo completamente distinto.

—Me he metido en política —confesó, con un tono modesto que desentonaba absolutamente con su expresión triunfal.

—¿La carrera por la alcaldía? —aventuré.

—Así es. Colaboro con Morrison Pettigrue. Soy su director de campaña. —Su voz se estremeció de orgullo.

Quienquiera que fuese Morrison Pettigrue, perdería con toda seguridad. Su nombre me sonaba remotamente, pero no tenía la menor intención de hurgar para recordar al personaje.

—Mucha suerte —dije con la mejor sonrisa que logré esbozar.

—¿Te gustaría acompañarme a un mitin la semana que viene?

Dios mío, pedía a gritos que le diese una patada en la boca. Esa era la única explicación posible. Lo miré sin dejar de pensar lo patético que resultaba. Entonces, por supuesto, me avergoncé y me enfadé con él y conmigo.

—No, Benjamin —contesté con un tono que no admitía debate. No podía poner una excusa. No quería que se volviese a repetir.

—Vale —dijo con un deje de martirio en la voz—. Bueno, pues… ya nos veremos. —El dolor vibró dramáticamente bajo su valiente sonrisa.

Iba a responderle a esa última observación, pero me mordí la lengua. Sin embargo, mientras me alejaba con el carro, susurré:

—No, si yo te veo a ti antes.

Al pararme a mirar los sacos de pienso para perros, solo para que no creyese que huía de allí como alma que lleva el diablo, me di cuenta de un par de detalles curiosos en nuestra conversación.

No me preguntó nada sobre la noche anterior. Ni quién había asistido a la reunión, ni lo extraño que era que la única noche que faltaba se hubiera producido algo tan extraordinario. Ni siquiera cómo me sentí al descubrir el cadáver de Mamie, algo que me preguntaron, indirectamente, todos con los que me había cruzado.

Lo pensé un poco, escogí un bote de champú y decidí no preocuparme más por Benjamin Greer. Si no, acabaría perdiendo la paciencia con los reponedores. Por supuesto, todos los cereales de alto contenido en azúcar, basados en series de dibujos animados, estaban a la altura de mis ojos, y los de los adultos, en la estantería más alta. Llegaba, pero los reponedores habían amontonado cajas horizontalmente sobre las que estaban en vertical. Si sacaba una de las de mi alcance, acabaría sepultada en una lluvia de cajas de cereales, provocando un estruendo que llamaría la atención de todo el mundo. Lo sé por experiencia.

Me coloqué de lado para estirarme al máximo y me puse de puntillas. Imposible. Tendría que cambiar de marca o empezar a comer cereales con sabor a chicle. Esa horrible perspectiva me dio fuerzas para intentarlo de nuevo.

—Espera, señorita, yo te lo doy —dijo una voz insoportablemente condescendiente, que salía de alguna parte por encima de mi cabeza. Una enorme mano se elevó, cogió la caja con facilidad y, como, si fuese una grúa, la dejó en mi carro.

Agarré el asa del carro con todo el carácter contenido. Respiré hondo una vez, expiré. Lentamente, me volví hacia mi benefactor. Levanté y levanté la mirada hasta una cara cómicamente consternada, coronada por un mantillo de pelo largo, rojo.

—Ay, Dios, lo siento —se disculpó Robin Crusoe. Sus ojos color avellana parpadearon nerviosamente detrás de las gafas metálicas—. Pensé…, de espaldas, bueno, parecías una niña de doce años. Pero por delante, obviamente, no.

Se dio cuenta de lo que acababa de decir y cerró los ojos, horrorizado.

Yo empezaba a disfrutar con aquello.

Una fugaz imagen de los dos en una situación íntima cruzó por mi mente y me pregunté si funcionaría. No lo pude evitar; sonreí.

Él me devolvió la sonrisa, aliviado, y enseguida vi sus encantos. Tenía una sonrisa torcida y algo tímida.

—No creo que debamos hablar así —dijo indicando la diferencia de nuestras respectivas alturas—. ¿Por qué no me paso por tu casa después, cuando coloque la compra? Creo recordar que anoche dijiste que éramos vecinos. Me dan ganas de cogerte en brazos para verte mejor.

Eso se acercaba tanto a mi imagen mental que no pude evitar sonrojarme.

—Ni lo dudes. Estoy segura de que tendrás un montón de preguntas después de lo de anoche —dije.

—Genial. Mi casa es un caos, así que necesito descansar de tanta caja.

—Muy bien. ¿En una hora?

—Vale, nos vemos. ¿De verdad te llamas Roe?

—Es el diminutivo de Aurora —expliqué—. Aurora Teagarden.

No dio indicios de que mi nombre le pareciera extraño en absoluto.

—¿Café? ¿Un refresco? ¿Zumo de naranja? —ofrecí.

—¿Tienes cerveza? —preguntó.

—Vino.

—Perfecto. No suelo beber a estas horas, pero si algo invita a hacerlo es una mudanza.

Aunque pareció un poco travieso beber alcohol antes de las cinco, llené dos copas y me reuní con Robin en la salita. Me senté en el mismo sillón que por la mañana, cuando estuve con Arthur; me sentía terriblemente femenina y poderosa: dos hombres en casa el mismo día.

A Robin, igual que a Arthur, le encantó la habitación.

—Espero que mi cuarto de estar quede la mitad de bien cuando termine de desembalar. Soy un desastre con la decoración.

Mi amiga Amina habría dicho lo mismo de mí.

—¿Ya lo tienes todo? —pregunté cortésmente.

—Monté la cama mientras los de la mudanza descargaban el resto del camión y he colgado la ropa en el armario. Al menos, tenía una silla para el detective que vino a verme. La metieron en casa a la vez que llegaba él.

—¿Arthur Smith? —Me sorprendió. No me dijo que iba a hablar con Robin después de dejarme a mí. Cerré la puerta convencida de que se iría en el coche. Debió de salir de casa de Robin antes de que empezara a espiarlo por la ventana.

—Sí, me preguntó por qué asistí a la reunión del club.

—¿Y cómo te enteraste de esa reunión? —Lo interrumpí por pura curiosidad.

—Bueno —dijo, sonrojándose—, fui a la empresa eléctrica y estuve hablando con Lizanne, y, cuando supo que me gustan las novelas de misterio, se acordó del club. Probablemente se lo mencionarías alguna vez. —No pensé que Lizanne me escuchara. Siempre tenía la misma expresión: aburrida—. Así que Lizanne llamó a John Queensland, y él le dijo que las reuniones de Real Murders estaban abiertas a todo el mundo, entonces le pedí...

—Era solo por curiosidad —solté con naturalidad.

—Ese sargento Burns es un tipo un poco oscuro —comentó Robin, pensativo—. Y el detective Smith tampoco me parece fácil.

—Ni siquiera conocías a Mamie; imposible que seas sospechoso.

—Bueno, supongo que podría haberla conocido antes, pero no es cierto, y creo que Burns me cree. Aunque apuesto lo que sea a que lo comprobará. No me gustaría tenerlo delante en un juicio.

—Mamie llegaría sobre las siete —dije después de pensar—. Y yo no tengo coartada entre las siete y las siete y media. Ella quedaba con el presidente del Centro de Veteranos, allí mismo, para recoger la llave. Según tengo entendido, después de cada reunión, pasaba por su casa para devolverla.

—No. Ayer recogió la llave directamente en su casa. Puso la excusa de que tenía que adelantarse, porque había quedado con alguien, allí, antes de la reunión.

—¿Y tú cómo sabes eso? —Estaba impaciente e indignada.

—El detective me preguntó si podía llamar a comisaría desde mi casa, escuché parte de la conversación y lo deduje —explicó con franqueza. Ajá, otro curioso por naturaleza.

—Pues, vaya —dije lentamente mientras seguía dándole vueltas—. Quienquiera que la matase tuvo mucho tiempo para prepararlo todo. De alguna manera, se las arregló para que llegara temprano y tener todo el tiempo del mundo para matarla, preparar el cadáver y limpiarlo todo. —Apuré la copa y me estremecí.

—Háblame de los demás socios del club —me pidió Robin precipitadamente. Decidí que esa pregunta era el verdadero objetivo de su visita. Me sentí decepcionada, pero filosófica.

—Jane Engle, la señora mayor de pelo blanco —empecé—, está jubilada, pero trabaja de vez en cuando de sustituta en la biblioteca de la escuela y en la municipal. Es experta en asesinatos de la época victoriana. —Luego recité la lista contando con los dedos: Gifford Doakes, Melanie Clark, Bankston Waites, John Queensland, LeMaster Cane, Arthur Smith, Mamie y Gerald Wright, Perry Allison, Sally Allison y Benjamin Greer—. Pero Perry solo hace acto de presencia —expliqué—. Supongo que no podemos considerarlo socio.

Robin asintió y le cayó el pelo rojo en los ojos. Se lo apartó, descuidadamente.

Esa concentración y el gesto desenfadado desencadenaron algo en mi interior.

—¿Y qué hay de ti? —insistió—. Háblame un poco de tu vida.

—No hay mucho que decir. Fui al instituto local, luego a una pequeña universidad privada, me licencié en biblioteconomía y, al volver a casa, me contrataron en la biblioteca local.

Robin parecía desconcertado.

—Vale, nunca se me pasó por la cabeza no volver —solté al cabo de un momento—. ¿Y tú qué?

—Bueno, yo voy a impartir un curso en la universidad. El escritor contratado sufrió un infarto… ¿Sueles hacer cosas impulsivamente? —me preguntó de repente.

Uno de mis mayores impulsos me empujaba a dejar la copa, acercarme a Robin Crusoe, un escritor al que apenas hacía unas horas que conocía, sentarme en su regazo y besarlo hasta perder el sentido.

—Casi nunca —respondí abatida—. ¿Por qué?

—¿Nunca has experimentado…?

El timbre de la puerta sonó dos veces.

—Perdona —me disculpé con un pesar profundo, y fui a la puerta delantera.

El señor Windham, el cartero, me entregó un paquete envuelto en papel marrón.

—No cabía en el buzón —explicó.

Eché un vistazo a la etiqueta.

—Ay, es para mi madre, no para mí —dije, extrañada.

—Sí, pero tenemos que entregar el correo en la dirección que indica, por eso lo he traído aquí —respondió el señor Windham.

Por supuesto, tenía razón: en el paquete aparecía en el destinatario mi dirección y en el remitente, mi padre, desde la ciudad. La etiqueta estaba escrita a máquina, algo muy típico de él. «Se ha comprado una máquina nueva», pensé sorprendida. Solo usaba su vieja Smith-Corona. A lo mejor la había escrito en el despacho y allí tenía otra. Entonces caí en la fecha.

—¿Seis días? —exclamé, incrédula—. ¿Esto ha tardado seis días en recorrer cincuenta kilómetros?

El señor Windham se encogió de hombros a la defensiva.

Mi padre no había mencionado nada de un paquete. Tras cerrar la puerta, pensé que, desde que yo recordaba, mi padre no había enviado un paquete a mi madre, y menos después del divorcio. Me devoraba la curiosidad. Paré en el teléfono de la cocina de paso a la salita. Mi madre estaba en su despacho y me dijo que se pasaría de camino a enseñar una casa. Se sentía tan desconcertada como yo, y detesté oír ese tonillo de emoción en su voz.

Robin parecía dormitar en el sillón, así que retiré en silencio las copas de vino para lavarlas antes de que mi madre llegara. No me apetecía verla arquear las cejas. En realidad, me alegraba tener esa pausa. Había estado a punto de hacer algo radical, y me resultaba casi tan divertido pensar en lo cerca que había estado de ello como (quizá) habría sido hacerlo.

Cuando mi madre atravesó la verja, Robin se despertó (si es que estaba dormido de verdad) y los presenté.

Robin estuvo muy educado, estrechó la mano de mi madre como es debido y la admiró como ella está acostumbrada: desde su pelo perfectamente enlacado hasta sus largas y delgadas piernas. Mi madre vestía uno de sus trajes más caros, en este caso de color champán, y parecía toda una vendedora de un millón de dólares. Y lo había sido algunas veces.

—Me alegro de volver a verle, señor Crusoe —dijo con su voz ronca—. Lamento que su primera noche en nuestro pueblecillo haya resultado tan desagradable. Aunque parezca mentira, Lawrenceton es encantador, y estoy segura de que no lamentará haber cambiado la gran ciudad por esto.

Le entregué la caja. Lanzó una inequívoca mirada al remite y desenvolvió el paquete mientras charlaba desenfadadamente con Robin.

—¡Mrs. See's! —gritamos mi madre y yo al unísono al ver la caja blanca y negra.

—¿Bombones? —aventuró Robin, dudoso. Se sentó cuando lo hice yo.

—Y muy buenos —aseguró mi madre, feliz—. Los venden en el Oeste y el Medio Oeste, pero aquí no se encuentran. Tenía una prima en San Luis que me mandaba una caja por Navidad, pero murió el año pasado. ¡Roe y yo creíamos que jamás volveríamos a ver una caja de Mrs. See's!

—¡Yo quiero los de chocolate y almendra! —le recordé a mi madre.

—Son tuyos —me aseguró—. Ya sabes que solo me gustan los de crema… Mmm…. Ninguna nota. Qué raro.

—Imagino que papá recordó cuánto te gustan —supuse, aunque el argumento no se sostenía. De alguna manera, el gesto no era nada típico de mi padre; parecía un regalo impulsivo, aún faltaban varios meses para el cumpleaños de mi madre y, de todos modos, desde que se divorciaron no le regalaba nada. Un impulso muy agradable. Pero, como mi padre no hacía nada impulsivo, adopté una honesta cautela.

Mi madre le ofreció la caja a Robin, quien negó con la cabeza. Ella se sentó para dedicarse a la deliciosa tarea de escoger su primera pieza de Mrs. See's. Era uno de nuestros pequeños rituales navideños favoritos y el clima primaveral enseguida nos pareció extraño.

—Ha pasado tanto tiempo —susurró. Al fin, suspiró y se decidió por uno—. Aurora, ¿este es de los rellenos de caramelo?

Observé el bombón. Me senté a la vez que mi madre se levantaba, de modo que pude ver lo que a ella se le escapó: un agujero en la base del bombón.

¿Sería un golpe en el envío?

De repente, me incliné hacia delante y saqué otro bombón del envoltorio de papel. Era de nuez y estaba perfecto. Lancé un suspiro de alivio. Por si acaso, abrí otro relleno de crema. Ese también tenía un agujero en la base.

—Mamá, deja el bombón.

—¿Era el que querías? —me preguntó con las cejas arqueadas.

—Que lo dejes.

Me hizo caso, pero mirándome enfadada.

—Algo no encaja, mamá. Robin, mira. —Toqué con el dedo el bombón que mi madre había dejado.

Robin levantó el trozo de chocolate cuidadosamente con sus dedos largos y observó el fondo. Lo dejó e hizo lo mismo con varios. Mi madre estaba malhumorada y asustada.

—Esto es ridículo —se quejó.

—A mí no me lo parece, señora Teagarden —respondió Robin por fin—. Creo que alguien ha intentado envenenarla, y a Roe también.

CAPÍTULO 6

Arthur apareció en mi casa oficialmente por segunda vez, y en esta ocasión trajo a otra detective, o, quizá, la detective lo trajo a él. Lynn Liggett pertenecía a la brigada de homicidios y era tan alta como Arthur, en otras palabras, bastante más que la media femenina.

No puedo decir que estuviera asustada en ese momento. Me confundía la etiqueta del remitente con los datos de mi padre; estaba indignada porque alguien hubiera intentado engañarnos para que comiésemos algo nocivo, aunque también convencida de que, con lo difícil que es conseguir veneno, lo que había dentro de los bombones nos habría hecho pasar un mal rato, pero ni de lejos nos habría matado a mi madre o a mí.

Arthur parecía bastante fastidiado por todo el asunto y Lynn Liggett hizo las preguntas. Y más preguntas. Podía ver el alfiler de la solapa de mi madre moverse al ritmo de su respiración agitada. Cuando la detective Liggett metió la caja de bombones en una bolsa y se la llevó en el coche de Arthur, mamá me susurró furiosa:

—¡Actúa como si los demás no tuviésemos una vida decente!

—No nos conoce, mamá —dije en tono conciliador, aunque, a decir verdad, yo también estaba un poco molesta con la detective Liggett. Preguntas como «¿Ha terminado recientemente alguna relación, con alguien que podría guardarle rencor, señora Teagarden?» o «Señorita Teagarden, ¿desde cuándo conoce al señor Crusoe?» tampoco me habían dejado buen sabor de boca. Jamás entendí por qué los ciudadanos decentes no colaboran con la Policía; a fin de cuentas, ellos hacen su trabajo, no te conocen personalmente, tratan a todos igual, etcétera, ¿no?

Ahora lo comprendía. Jack Burns mirándome como si fuese un pescado podrido era otra cosa, un incidente aislado, quizá. Tuve ganas de decir: «Liggett, las relaciones románticas no tienen nada que ver con esto. ¡Hay un maníaco que ha mandado veneno a mi madre y me ha metido a mí en el asunto, porque la caja ha llegado a mi dirección!», pero sabía que la inspectora tenía que hacer esas preguntas y yo, responderlas. Aun así, no me gustaban un pelo.

Quizá no me habría molestado tanto si Lynn Liggett no hubiese sido una mujer.

Yo no creo que las mujeres no puedan desempeñar el cargo de detective, sin duda más bien al contrario, y sabía que muchas que conozco serían excelentes profesionales; deberíais ver la mirada de algunas de mis compañeras bibliotecarias cuando siguen el rastro de un libro que no se ha devuelto en plazo, no es broma.

Pero Lynn Liggett parecía estar evaluándome como mujer, y le parecía deficiente. Me miró desde arriba y me encontró mucho más baja. Supuse que, como la altura le debió de dar más de un quebradero de cabeza a la detective Liggett, asumió, automáticamente, que yo me sentía superior como mujer, por ser más baja y, por lo tanto, más «femenina». Como no podía competir conmigo en ese terreno, la detective decidió ser más dura, más suspicaz, una profesional fría. Una mujer fuerte de la frontera, al contrario que yo, la excesivamente emotiva, inútil y débil mujer florero del este.

Sé mucho de interpretación, y no le permití pisotearme. Estuve tentada a sacar un pañuelo de encaje (si tuviese algo tan inútil) y decir: «¡Arthur! ¡Pobre de mí, estoy muerta de miedo!». Porque sabía que todo eso tenía más que ver con Arthur que conmigo.

Al grano, la detective de homicidios Liggett bebía los vientos por el detective de la brigada de robos con allanamiento Smith y, tal como ella lo veía, su compañero los bebía por mí.

Me llevó un buen rato racionalizar lo que sentí en cuestión de minutos. Lynn Liggett me decepcionó porque me habría gustado entablar amistad con ella y escuchar las historias de su trabajo. Ojalá como detective fuese más sutil de lo que lo era como mujer. Y no me quedaba más remedio que responder a las condenadas preguntas, a pesar de que sabía, igual que mi madre, e intuyo que el propio Arthur, que solo perdíamos el tiempo.

Robin se quedó todo el rato, aunque, desde que declaró brevemente, no hacía ninguna falta.

—Me encontré con Roe Teagarden en la tienda de comestibles y le pregunté si podía pasar por su casa para descansar del día ajetreado. Cuando llegaron los bombones, parecía bastante sorprendida, sí. También vi el agujero en la base del bombón cuando la señora Teagarden lo sostuvo. No, no conocía a Roe Teagarden ni a su madre hasta hace un par de días. Me reuní brevemente con la señora Teagarden cuando fui a su agencia inmobiliaria para concertar una cita para visitar la casa contigua, y no conocí a Roe hasta la reunión de Real Murders, anoche.

—¿Y cuánto tiempo lleva aquí? —preguntó Arthur tranquilamente. Estaba en la cocina hablando con Robin mientras la detective Liggett nos interrogaba a mi madre y a mí. Las dos estábamos sentadas en el canapé y la detective, encorvada en el sofá de dos plazas.

—Apenas hora y media —dijo Robin con cierto nerviosismo.

La voz de Arthur carecía de cualquier matiz (Liggett no era tan buena), pero yo tenía claro que allí cada cual iba a lo suyo, a excepción, posiblemente, de mi madre. No era ninguna tonta cuando la tensión sexual flotaba en el aire y, de hecho, en un momento dado, me lanzó una de sus miradas deslumbrantes. Podría haberla evitado porque, al parecer, Liggett la interceptó y la interpretó como un comentario sobre ella.

Mi madre se incorporó, cogió el bolso y dio por terminada la entrevista.

—Mi hija y yo estamos bien, y jamás se me ocurriría pensar que mi exmarido nos enviara estos bombones ni que tuviese la remota intención de hacernos daño —explicó con contundencia—. Adora a Aurora y mantengo con él una relación civilizada. Nuestras pequeñas costumbres familiares no son ningún secreto. No creo que la típica caja navideña de bombones haya pasado desapercibida. Es probable que haya aburrido a más de una persona contándole la misma historia. Por supuesto, nos interesará saber qué es lo que tienen los bombones, cuando lo averigüen, si es que en realidad tienen algo. Quizá, solo querían asustarnos con los agujeros y esto no es más que una broma de mal gusto. Gracias por venir, pero tengo que volver a la oficina. —Yo también me levanté y Lynn Liggett se sintió obligada a acompañarnos hasta la puerta.

Mi madre fue la primera en meterse en su coche, mientras Arthur y Lynn se quedaron hablando en el jardín trasero. Robin dudaba qué hacer. La exhibición de desafío masculino, por muy implícita que fuese, lo había pillado por sorpresa, y seguía junto a la estufa, con los ojos entrecerrados y la mirada perdida. Probablemente se preguntaba dónde se había metido y si la investigación criminal sería tan divertida como imaginaba.

De repente, me asquearon todos. Puede que nunca tuviera mucho éxito con mis citas porque soy una persona aburrida, pero, probablemente, eso se debe a que tengo intolerancia a las maniobras preliminares e interpreto mal las señales. Mi amiga Amina Day disfrutaba con todas esas cosas y era prácticamente una experta. De pronto, la echaba de menos desesperadamente.

—Ven a comer conmigo a la ciudad el lunes —sugirió Robin tras llegar a una especie de conclusión interior.

Lo pensé un instante.

—Vale —accedí—. Sustituí a una compañera cuando llevó a su hijo al dentista la semana pasada, así que el lunes no entro hasta las dos.

—¿Conoces el campus universitario? Pues claro, estudiaste allí. Bien, nos vemos en Tarkington Hall, el edificio de Inglés. Terminaré un taller de escritura sobre las doce menos cuarto. Está en la segunda planta, aula treinta y seis. Quedamos allí, si te parece bien.

—Me parece bien. Nos vemos el lunes.

—Si necesitas cualquier cosa, mañana pasaré el día en casa preparando las clases.

—Gracias.

El teléfono sonó dentro y fui a responder mientras Robin atravesaba la puerta a paso lento, saludando con una mano despreocupada a los dos detectives. Una agitada voz masculina preguntaba por Arthur y yo lo llamé. Lynn Liggett había recuperado su fría compostura, y cuando grité «¡Arthur! ¡Teléfono!», su boca apenas se torció un poco. Uy, tonta de mí. Tenía que haberme dirigido a él como detective Smith.

Me puse a regar los rosales mientras Arthur hablaba dentro de la casa. Lynn me miraba pensativa. El silencio que reinaba entre las dos era bastante incómodo y pensé que mantener una conversación sin trascendencia no era la mejor idea, aunque lo intenté.

—¿Cuánto tiempo lleva de servicio aquí? —pregunté.

—Unos tres años. Me destinaron como oficial de patrulla y luego me ascendieron.

A lo mejor, con un poco de tiempo, la detective Liggett y yo habríamos acabado siendo íntimas amigas, pero en ese momento Arthur salió al jardín con paso acelerado.

—Han encontrado el bolso —dijo a su compañera.

—¿En serio? ¿Dónde?

—Metido debajo del asiento delantero de un coche.

«¡Pero de cuál!», casi exclamé presa de la indignación.

En fin, como era de esperar, Arthur no lo reveló. Los dos agentes salieron por la puerta sin decir una palabra. Y he de reconocer que Lynn Liggett estaba demasiado implicada en su trabajo como para volverse y lanzarme una mirada triunfal.

Para mantener las manos ocupadas mientras la mente volaba libre, continué restaurando un viejo cofre de madera con dos cajones, que llevaba meses en el cuarto de invitados esperando un momento así. Tras pelearme con él para bajarlo por las escaleras y colocarlo en el jardín, esa actividad resultó ser lo que necesitaba.

Por supuesto, no dejé de pensar en el incidente de los bombones, preguntándome si la Policía ya se habría puesto en contacto con mi padre. Era incapaz de imaginar qué pensaría de todo ese asunto. Mientras me lavaba las manos en el fregadero después de terminar con el cofre, se me ocurrió una idea, que tenía que haber pensado antes. ¿Imitaría el envío de los bombones a mi madre otro crimen? Fui a la estantería y consulté todos los libros de asesinatos reales. No encontré nada, así que no imitaba ninguno de los asesinatos más célebres registrados. Jane Engle, mi colega bibliotecaria, tenía una colección literaria más completa que la mía, por lo que la llamé para contarle lo que había pasado.

—Me suena de algo… Hablamos de un asesinato en Estados Unidos, según creo recordar —dijo Jane, interesada—. ¿No es extraño, Roe? ¿Imaginabas que algo así pudiera ocurrir en Lawrenceton? ¿A nosotros? Porque empiezo a pensar que esto es por nosotros, los socios de nuestro pequeño club. ¿Has oído que encontraron el bolso de Mamie en el coche de Melanie Clark?

—¡Melanie! ¡Ay, no me lo puedo creer!

—Puede que ahora la Policía se lo tome en serio, pero, Roe, tú y yo sabemos que es ridículo. Quiero decir, Melanie Clark. Es una distracción.

—¿Cómo?

—Matan a uno de los socios del club y usan a otro para distraer la atención.

—¿Crees que quien matase a Mamie se llevó el bolso y lo dejó deliberadamente debajo del asiento del coche de Melanie? —pregunté lentamente.

—Por supuesto. —Podía imaginar a Jane de pie, en su casita llena de muebles de su madre, con el moño plateado reluciente, entre estanterías llenas de muertes sangrientas.

—Pero quizá Melanie y Gerald Wright tenían algo entre ellos —protesté débilmente—. Puede que Melanie lo haya hecho de verdad.

—Aurora, ya sabes que está loca por Bankston Waites. Melanie tiene alquilada una casita justo al final de mi calle y no he podido evitar fijarme en que el coche de Bankston siempre está aparcado ahí. —Jane, con tacto, no especificó si incluso por la noche.

—También veo el coche de Melanie muy a menudo, aquí —admití.

—Entonces —dijo Jane de modo convincente—, estoy segura de que el asunto de los bombones es la reedición de otro crimen clásico, ¡y apuesto a que la Policía encontrará veneno en la cocina de otro de los socios del club!

—Es posible —asentí lentamente—. Entonces, ninguno de nosotros está a salvo.

—No —contestó Jane—. La verdad es que no.

—¿Quién nos odiaría tanto?

—Querida, no tengo la menor idea. Pero puedes estar segura de que le daré vueltas, y ahora mismo voy a buscar un caso que se parezca al tuyo.

—Gracias, Jane —dije, y colgué sin poder dejar de pensar en mis circunstancias.

No tenía nada especial que hacer, como todas las noches de los sábados de los últimos dos años. Justo después de mi habitual banquete semanal de pizza y ensalada, recordé que quería llamar a Amina a Houston.

Milagrosamente, respondió. Amina no pasaba en casa un sábado por la noche desde hacía doce años, pero pensaba salir más tarde, según me dijo después. Su cita era con un director de departamento de una tienda que trabajaba hasta tarde los sábados.

—¿Qué tal por Houston? —pregunté, melancólica.

—¡Genial! ¡Siempre hay algo que hacer! Todos los compañeros de trabajo son muy simpáticos. —Amina era secretaria judicial de nivel superior.

La gente casi siempre se mostraba amistosa con Amina. Era una chica delgada, con la cara llena de pecas, y muy extrovertida, casi de mi edad. Habíamos crecido juntas, fuimos a la universidad juntas y aún nos considerábamos muy buenas amigas. Amina se había casado y divorciado, sin tener hijos, la única interrupción en su larga y exhaustiva carrera de flirteos. No era exactamente guapa, sino irresistible y risueña, hablaba mucho, pero nunca se perdía una palabra del otro. Tenía un gran talento para disfrutar de la vida y sacaba el máximo provecho de cada recurso innato o adquirido (no era precisamente rubia natural). De repente, pensé que tenía que haber sido hija de mi madre.

Cuando Amina terminó de contarme cómo le iba en el trabajo, le lancé la bomba.

—¿Que encontraste un cadáver? ¡Qué asco! ¿De quién? —gritó Amina—. ¿Estás bien? ¿Tienes pesadillas? ¿Los bombones estaban realmente envenenados?

Como era mi mejor amiga, le dije la verdad:

—No sé si estaban envenenados. Sí, tengo pesadillas, pero, al mismo tiempo, todo esto me parece algo muy emocionante.

—¿Crees que estás a salvo? —me preguntó con ansiedad—. ¿Quieres venir y quedarte conmigo hasta que termine todo? ¡No puedo creer que te esté pasando a ti! ¡Pero si eres un cielo!

—Bueno, sea un cielo o no —repuse con tristeza—, está pasando. Gracias por preguntar, Amina. Cuenta con que vaya a verte pronto, pero, de momento, tengo que quedarme aquí. No creo que corra un peligro especial. Supongo que era mi turno, y la cosa salió bien. —Pasé por alto la conjetura de Arthur de que el asesino podría seguir matando, y la de Jane Engle de que quizá todos acabaríamos implicados. Fui directamente al terreno de Amina.

—Estoy en una situación... —empecé y de inmediato tuve toda su atención. Los matices y los detalles entre ambos sexos eran pura rutina para Amina. No había tenido nada que contarle en ese sentido desde nuestros días en el instituto. Costaba creer que personas adultas aún jugaran a ese tipo de juegos.

—Así que —dijo mi amiga cuando terminé de hablar— Arthur está un poco resentido porque ese Robin ha pasado la tarde en tu casa, y Robin intenta decidir si le gustas lo suficiente para hacer público el inicio de vuestra relación por el aire ligeramente posesivo de Arthur. Aunque Arthur todavía no es dueño de nada, ¿verdad?

—Verdad.

—Y todavía no has tenido una cita con ninguno de los dos, ¿verdad?

—Verdad.

—Pero Robin te ha invitado a almorzar en la ciudad el lunes.

—Ajá.

—Y se supone que os tenéis que ver en su aula.

—Sí.

—Y Lizanne ha descartado oficialmente a Robin. —Amina y Lizanne siempre habían tenido una curiosa relación. Amina actuaba con su personalidad y Lizanne con su aspecto, pero

73

las dos se habían repasado a una tasa increíble de la población masculina de Lawrenceton y las localidades colindantes.

—Lizanne finalmente me lo ha pasado a mí —le confesé a Amina.

—Bueno, si se cansa de ellos, se lo dice y los deja libres, no es avariciosa —aseguró—. Bien, si os veis en la universidad, eres consciente de que estará sentado en un aula llena de jovencitas haciendo méritos para meterse en la cama de un escritor famoso, ¿no?

—Tiene un atractivo convencional —dije—. Encanto.

—¡Bueno, pues no te pongas los conjuntos de blusa y falda con los que vas a trabajar!

—¿Y qué me sugieres? —pregunté fríamente.

—Mira, me has llamado para pedirme consejo —me recordó Amina—. Está bien, te lo daré. Has pasado por algo horrible. Nada te hará sentir mejor que ropa nueva, y te la puedes permitir. Así que pásate por la tienda de mi madre mañana, cuando abra, y cómprate algo. Quizá un vestido clásico, de estilo rústico. Ponte unos pendientes discretos, porque no eres muy alta. Y, quizá, alguna cadena de oro. —¿Alguna? Tendría suerte si encontraba la que mi madre me regaló en Navidad. Los novios de Amina le regalaban cadenas de oro en cualquier ocasión, de todas las longitudes y densidades que pudieran permitirse. Tendría unas veinte—. Con eso bastará para un almuerzo informal en la ciudad —concluyó.

—¿Crees que me verá como una mujer y no como a otra aficionada a los asesinatos?

—Si quieres que te vea como una mujer, no disimules que lo deseas.

—¿Eh?

—No digo que te relamas los labios o jadees. Mantén una conversación normal. No caigas en obviedades. Debes hacerlo de forma que, si a él no le interesas, tú no pierdas nada. —Amina se esforzaba por salvar las apariencias.

—¿Y qué hago?

—Hazte desear. Arréglatelas para que todo parezca normal, pero intenta concentrarte en la zona que hay debajo de la cintura y encima de las rodillas, ¿vale? Y emite señales. Eres muy capaz. Es como el ejercicio de Kegel. No puedes enseñar a nadie cómo se hace, pero si se lo explicas a una mujer, seguro que lo entiende.

—Lo intentaré —dije dubitativa.

—No te preocupes, te saldrá natural —me aseguró Amina—. Tengo que dejarte. Están llamando al timbre. Llámame para decirme cómo ha ido, ¿de acuerdo? Lo único malo de Houston es que no estás aquí.

—Te echo de menos —solté.

—Sí, yo también, pero tengo que dejarte —contestó, antes de colgar.

Y, después de un instante de desconfianza, supe que mi amiga tenía razón. Cuando se fue, me liberó del papel de mejor amiga de la chica más popular, que exigía no sacar todo el partido de mí, porque ni con lo mejor de mí misma podía competir con Amina. Siempre me tocaba el opaco papel de la intelectual.

Estaba sentada, sopesando lo que Amina me había dicho, cuando sonó el teléfono. Aún tenía la mano en el auricular. Di un respingo.

—Soy yo otra vez —me avisó Amina apresuradamente—. Escucha, Franklin me está esperando en el salón, pero te llamo desde el otro teléfono para decirte otra cosa. ¿Dijiste que Perry Allison estaba en vuestro club? Ten cuidado con Perry. Cuando éramos compañeros de universidad, coincidimos en muchas de las clases de primero. Tenía unos cambios de humor muy bruscos. Cuando estaba excitado en exceso, me seguía a todas partes parloteando y luego se quedaba mirándome, callado y malhumorado. La universidad acabó llamando a su madre.

—Pobre Sally —dije involuntariamente.

—Vino y lo metió en una institución especial, no solo por lo mío, sino porque se saltaba algunas clases y nadie quería compartir habitación con él por culpa de sus extrañas costumbres.

—Algo me dice que está repitiendo la tónica, Amina. Aún sigue trabajando en la biblioteca, pero Sally parece preocupada últimamente.

—Tú no lo pierdas de vista. Nunca le ha hecho daño a nadie, que yo sepa, pero ha puesto nervioso a más de uno. Si está relacionado con el asesinato, ¡ten mucho cuidado!

—Gracias, Amina.

—De nada. Hasta luego.

Y volvió a colgar para pasar un buen rato con Franklin.

CAPÍTULO 7

El domingo amaneció cálido y lluvioso. Una brisa se coló por las vallas y acarició mis rosales. No hacía una mañana como para desayunar en el jardín. Freí beicon y comí un bollo mientras escuchaba la radio local. Los candidatos a la alcaldía respondían preguntas en la tertulia matutina. Las elecciones se presentaban más disputadas que la habitual victoria fácil de los demócratas, y no solo porque hubiera un candidato republicano con alguna probabilidad, ¡También había otro del Partido Comunista! Por supuesto, era la candidatura que dirigía el bueno de Benjamin Greer. Pobre miserable de Benjamin si esperaba que la política, y concretamente el Partido Comunista, fuesen su salvación. Por descontado, su candidato, Morrison Pettigrue, era un recién llegado, uno de los que habían huido de la gran ciudad sin querer alejarse demasiado de ella.

Al menos, estas elecciones unificarían Lawrenceton. Ninguno de los candidatos era negro, lo que siempre tensaba y dividía la campaña. El republicano y el demócrata atravesaban por uno de los momentos más importantes de sus vidas, lanzando respuestas cuerdas y sobrias a preguntas banales, y disfrutando, en cierta medida, de las feroces respuestas de Pettigrue, que, a veces, rayaban, en la irracionalidad.

«Pobrecillo —pensé con tristeza—; no solo es comunista, sino también desagradable». El día anterior, al volver del supermercado, me molesté en mirar los carteles electorales de Pettigrue. No mencionaban al Partido Comunista. Solo pedían el voto para Morrison Pettigrue, «la opción popular para la alcaldía», y el aparecía como un tipo moreno, de gesto taciturno que, evidentemente, había sufrido de un acné galopante.

Los escuché mientras desayunaba, pero luego cambié a una emisora de música *country* para lavar los platos. Las labores domésticas siempre van más deprisa cuando puedes cantar sobre «beber» y «engañar».

Hacía una mañana tan deliciosa que decidí ir a la iglesia. Lo hacía a menudo. A veces disfrutaba y me sentía mejor, pero no tenía ninguna inclinación religiosa. Iba con la esperanza de desarrollarla, como quien se expone voluntariamente a una enfermedad contagiosa. Alguna vez, incluso me puse sombrero y guantes, aunque rayaba en la parodia y ya no era tan fácil encontrar guantes. Ese día no era de los de sombrero y guantes; demasiado nublado y lluvioso, y tampoco me sentía con ganas de escenificar un papel que no era el mío.

Al acceder al aparcamiento de la iglesia presbiteriana, me pregunté si vería por allí a Melanie Clark, que también acudía de vez en cuando. ¿La habrían arrestado? Me costaba creer que la impasible Melanie corriese un riesgo serio de ser imputada por el asesinato de Mamie Wright. El único móvil que podía atribuírsele era tener una aventura con Gerald Wright. Alguien… un asesino, recordé, le estaba gastando una horrible broma.

Entré en el edificio pensando en Dios y en Mamie. Me sentí fatal al imaginar lo que otro ser humano había sido capaz de hacerle a Mamie, pero tenía que afrontarlo. En vida, la emoción que había sentido por ella era desprecio. Ahora, su alma —y creo que todos tenemos una— estaba ante Dios, como lo estaría la mía algún día. No me encontraba con fuerzas para esas reflexiones, así que las enterré, no demasiado hondo, para rescatarlas cuando me sintiese menos vulnerable.

Salí de la iglesia y fui charlando con la mayoría de la congregación por el camino. Solo se hablaba de Melanie y la situación que había vivido. Lo último que se sabía era que Melanie pasó un buen rato en la comisaría, pero, gracias a que Bankston Waites confirmó vehementemente cada uno de sus movimientos durante la noche del asesinato, se le permitió volver a casa, sin cargos (o eso se pensaba).

Melanie no tenía padres, pero la madre de Bankston era presbiteriana. Ese día, por supuesto, se convirtió en el centro de atención de un absorto grupo, congregado en las escaleras de la iglesia. La señora Waites tenía el pelo tan rubio y los ojos tan azules como su hijo, y, generalmente, era igual de flemática que él. Pero ese domingo parecía una mujer enfadada, y le importaba bien poco quién pudiera darse cuenta. Estaba indignada con la Policía por sospechar de la «dulce Melanie» aunque fuera un instante. ¡Si esa pobre muchacha no era capaz de matar una mosca, mucho menos a una mujer! ¡Y los que habían sugerido que las cosas quizá no iban tan bien entre Melanie y el señor Wright! ¡Pero si ni siquiera una manada de caballos salvajes sería capaz de separar a Melanie de Bankston! Al menos, ese hecho horrible había conseguido que Bankston verbalizase sus pensamientos. Él y Melanie iban a casarse en dos meses. No, no tenían fecha, pero la decidirían tarde o temprano, y Melanie pensaba ir a Millie's Gifts esa misma semana para comprar unos juegos de plata y porcelana.

Era un momento triunfal para la señora Waites, que durante años había intentado casar a su hijo. Sus otros vástagos ya estaban colocados, y la aparente voluntad de Bankston de esperar la llegada de la mujer adecuada, en vez de salir a buscarla, había llevado a la señora Waites al límite.

Yo tendría que ir a comprar un tenedor o una ensaladera. Había hecho miles de regalos iguales con miles de formas diferentes. Suspiré, esforzándome por no sentir autocompasión, mientras conducía hacia casa de mi madre. Los domingos siempre almorzaba con ella, a menos que estuviese fuera, en una de las miles de convenciones inmobiliarias a las que solía asistir, o enseñando casas.

Mi madre, que rara vez pasaba las mañanas de los domingos en casa, estaba de buen humor porque había vendido una casa de doscientos mil dólares el día anterior, después de salir de mi apartamento. Pocas mujeres hacen una venta inmobiliaria el mismo día que reciben bombones envenenados y la Policía las interroga.

—Estoy intentando que John me encargue la venta de su casa —me dijo por encima del asado.

—¿Qué? ¿Por qué iba a venderla? Es preciosa.

—Su mujer murió hace ya varios años y todos los hijos viven fuera. No necesita una casa tan grande para dar vueltas por ella —explicó mi madre.

—Pues tú te divorciaste hace doce años, tu hija se ha ido de casa y tampoco necesitas un sitio tan grande por el que dar vueltas —señalé. Me preguntaba por qué mi madre se empeñaba en mantener esa casa «de ladrillo de cara vista, dos plantas, cuatro habitaciones (una con chimenea) y tres cuartos de baño» en la que yo había crecido.

—Bueno, es posible que John encuentre pronto otro sitio donde vivir —contestó con indiferencia—. A lo mejor nos casamos.

¡Dios, todo el mundo pasaba por el altar!

Me rearmé como pude y adopté una actitud de felicidad por la suerte de mi madre. Me las arreglé para decir lo que se suele esperar en casos como ese, con sinceridad, y ella parecía contenta.

¿Qué demonios les iba a regalar?

—Como parece que John no quiere hablar de su implicación en Real Murders ahora mismo —me soltó mi madre de repente—, ¿por qué no me cuentas tú algo de ese club?

—John es un experto en Lizzie Borden —le expliqué—. Si quieres saber cuál es su gran afición, aparte del golf y de ti, pues esa es Lizzie. Deberías leer *A Private Disgrace,* de Victoria Lincoln. Es uno de los mejores libros sobre el caso Borden que haya leído nunca.

—Eh…, Aurora…, ¿quién es Lizzie Borden?

Me quedé con la boca abierta.

—Eso es como preguntarle a un aficionado al béisbol quién es Mickey Mantle —respondí finalmente—. No sospechaba que alguien pudiese no saber quién era Lizzie Borden. Tú pregúntaselo a John y calentará la oreja. Pero le hará ilusión que hayas leído los libros antes.

Mi madre apuntó el título en su cuadernillo. Iba muy en serio con John Queensland, estaba muy convencida de lo del matrimonio. Yo no era capaz de decidir qué sentía; solo tenía claro cómo debía sentirme. Al menos, la interpretación hizo feliz a mi madre.

—En serio, Aurora, quiero que me hables del club en general, aunque me gustaría comentar las aficiones concretas de John inteligentemente, por supuesto. Ahora que vosotros dos estáis relacionados con ese horrible asesinato, y que a las dos nos han enviado los bombones, quiero conocer el trasfondo de esos asesinatos.

—Mamá, no recuerdo cuándo nació Real Murders. Hará unos tres años, supongo. Hubo una firma de libros en Thy Sting, la tienda de libros de misterio de la ciudad. Todos los que ahora estamos en el club fuimos al evento, que se celebraba a propósito de un libro basado en un asesinato real. Fue una coincidencia de lo más curiosa, todos de Lawrenceton, allí, e interesados en las mismas cosas. Así que decidimos llamarnos entre nosotros para organizar algo en común en nuestra propia ciudad. Decidimos celebrar una reunión mensual, y el formato fue evolucionando con el tiempo: la lectura y debate de un asesinato real la mayoría de las veces y asuntos relacionados, otras. —Me encogí de hombros. Empezaba a cansarme de explicar lo que era Real Murders. Esperaba que mi madre cambiase de tema, como siempre había hecho anteriormente, cada vez que intentaba hablar de mi interés en el club.

—Antes me comentaste que creías que el asesinato de Mamie Wright era una imitación de otro real —insistió, sin embargo—. Y dijiste también que Jane Engle está convencida de que el envío de bombones fue otra imitación. ¿Lo está comprobando?

Asentí.

—Corres peligro —dijo mi madre con un hilo de voz—. Quiero que abandones Lawrenceton hasta que pase todo esto. Si estás fuera de aquí, no te salpicará, como a la pobre Melanie con ese embrollo del bolso escondido en su coche.

—Eso sería genial, mamá, pero da la casualidad de que tengo un trabajo. ¿Se supone que debería decir a mi jefe que a mi madre le asusta que pueda pasarme algo y tengo que salir de aquí un tiempo indefinido? ¿Y que el señor Clerrick me reserve la plaza?

—¿No tienes miedo? —me preguntó, furiosa.

—¡Claro que sí! ¡Si hubieses visto de lo que es capaz el asesino, si hubieses visto la cabeza de Mamie Wright, o lo que quedaba de ella, tú también lo tendrías! Pero ¡no puedo irme! ¡Tengo una vida!

Mi madre no dijo nada, pero su respuesta natural, manifestada por sus increíbles cejas, era: «¿Desde cuándo?».

Volví a casa con un plato lleno de sobras para cenar, como de costumbre, y decidí pasar la tarde del domingo autocompadeciéndome, son ideales para eso. Me quité el vestido, muy bonito por cierto (me da igual lo que diga Amina, tengo ropa ideal y favorecedora), y me puse lo más cómodo e informal que encontré. Me quité el maquillaje y me revolví el pelo.

Lo que más odiaba era limpiar las ventanas, así que decidí que era el día perfecto para hacerlo. El cielo se había despejado un poco y ya no esperaba que lloviese, así que me armé con toda la parafernalia de limpieza de ventanas y empecé con las de abajo, rociando con un producto de limpieza y frotando de mala gana para luego repetir todo el proceso. Utilizaba un escabel con el que apenas llegaba a la parte alta de los cristales. Cuando estuvieron brillantes, subí lentamente las escaleras, paño y limpiacristales en mano, y continué en el cuarto de invitados. Esa ventana daba al aparcamiento, así que tenía una vista inmejorable de la pareja de ancianos de la casa de al lado, los Crandall, que volvían con sus mejores galas dominicales. Quizá habían ido a comer a casa de alguno de sus hijos casados. Varios vivían en la ciudad, y recordaba oír decir a Teentsy Crandall que tenían, al menos, ocho nietos. Ella y su marido, Jed, reían juntos y él le daba palmadas en el hombro mientras abría la verja. Inmediatamente después de que entraran en su casa, el coche azul de Bankston llegó a su parcela y de él salieron Bankston y Melanie cogidos de la mano. Hasta para mí, que no era ninguna experta en la materia, me resultaba evidente que no veían la hora de meterse en casa y cerrar la puerta.

Un toque final para una tarde de autocompasión difícil de superar. «¿Cuáles son mis expectativas inmediatas? —me pregunté retóricamente—: *60 Minutes,* y el asado caliente».

Decidí aceptar el consejo de Amina. Iría a la tienda de su madre a las diez de la mañana, en cuanto abriese. Con un poco de suerte y mi tarjeta de crédito, estaría lista para ir a la gran ciudad a comer con Robin Crusoe.

Al final pensé que, después de todo, podía invertir el resto de la tarde en algo útil. Cogí la agenda y empecé a llamar.

CAPÍTULO 8

A las ocho ya habían llegado todos. Mi casa estaba atestada. Jane, Gerald y Sally ocupaban los mejores asientos, los demás se sentaban en las sillas del comedor o en el suelo, como los tortolitos Melanie y Bankston. Decidí no llamar a Robin, porque solo había estado en Real Murders una vez; ¡pero vaya vez! LeMaster Cane se alejó de los demás, no hablaba con nadie y su expresión era deliberadamente neutra. Gifford vino con Reynaldo y los dos estaban acurrucados con la espalda apoyada en la pared y con aire taciturno. Gerald aún parecía afectado, se le veía tensa la cara redonda. Benjamin Greer intentaba entablar amistad con Perry Allison, que sonreía abiertamente. Sally procuraba no mirar a su hijo, al tiempo que mantenía una conversación esporádica con Arthur, que mostraba un aspecto agotado. La cabeza pálida de John se inclinaba hacia Jane, quien susurraba.

Incluso en aquellas circunstancias, me sentí tentada a levantarme y decir: «Supongo que os preguntaréis por qué os he pedido que vinierais», pero me faltó valor. Además, ellos ya lo sabían.

Di por hecho que John tomaría la batuta, era nuestro presidente. Pero se limitó a mirarme con expectación, y me di cuenta de que me correspondía iniciar la reunión.

—Amigos —solté en voz alta, y los retazos de conversaciones se extinguieron como si los hubiese cercenado un cuchillo. Hice una pausa, tratando de ordenar las ideas y Gifford dijo:

—Levántate para que todos podamos verte.

Vi que varias cabezas asentían y le hice caso.

—En primer lugar —seguí—, quiero expresar a Gerald nuestro pésame y tristeza por la pérdida de Mamie. —Gerald miró a su alrededor con languidez, respondiendo a los murmullos de simpatía con un gesto de la cabeza—. Asimismo —continué—, creo que tenemos que hablar de lo que está pasando. —Entonces conseguí la plena atención de todos—. Supongo que sabéis que nos mandaron bombones manipulados a mi madre y a mí. No me atrevo a decir que estuvieran envenenados, porque no me consta, por lo que no sé si la intención era matarnos. Pero intuyo que podemos suponerlo. —Paseé la mirada para comprobar si alguien no estaba de acuerdo. Nadie—. Por supuesto, todos sabéis también que el bolso de Mamie se encontró en el coche de Melanie.

Melanie agachó la cabeza, avergonzada, ocultando su rostro tras su lisa melena negra. Bankston la rodeó con el brazo y la atrajo hacia sí.

—Como si ella fuese capaz de tal cosa —dijo, encendido.

—Eso lo sabemos todos —afirmé.

—Por supuesto —se unió Jane, indignada.

—Sé —continué con sumo cuidado— que Sally y Arthur se encuentran en una posición muy delicada esta noche. Puede que Sally quiera informar al periódico de nuestra reunión y Arthur tendrá que dar cuenta a la Policía de que estuvo aquí y de lo que pasó. Lo entiendo. Pero espero que Sally acepte mantener en privado lo que hoy hablemos aquí.

Todos miraron a Sally, que echó atrás su broncínea cabeza y respondió con una sonrisa.

—La Policía no quiere que publique que el asesinato fue una imitación —dijo, exasperada—. Pero cada socio de Real Murders se lo ha contado a alguien. Estoy perdiendo el mejor reportaje de mi vida. Y ahora queréis que no mencione esta noche. Es como pedirle a Arthur que deje de ser poli un par de horas.

—¿Quiere eso decir que escribirás sobre esta reunión? —preguntó Gifford inesperadamente—. Porque si esto sale a la luz, me largo ahora mismo.

Se quedó mirando a Sally, atusándose la cabellera.

—Bueno, está bien —aceptó Sally. Recorrió la habitación con los ojos entrecerrados—. ¡Pero os advierto que es la última vez que no usaré lo que se diga sobre los asesinatos!

Eso nos dejó a todos mudos por un instante.

—¿Para qué nos has convocado, querida? —preguntó Jane.

Buena pregunta. Me tiré a la piscina.

—El asesino probablemente es uno de nosotros, ¿no? —lancé con nerviosismo.

Nadie movió un músculo. Nadie miró a la persona de al lado.

Una presencia allí redobló su poder envuelta en el silencio. Esa presencia era el miedo, por supuesto. Todos estábamos asustados o empezábamos a estarlo.

—Quizá sea enemigo de alguno de nosotros —dijo Arthur finalmente.

—Vale, ¿quién tiene enemigos? —pregunté—. Sé que suena ingenuo, pero, por el amor de Dios, tenemos que pensar o seguiremos estando con el agua al cuello hasta que muera otra persona.

—Creo que exageras —me cortó Melanie. Lo cierto es que sus labios mostraban una sonrisa un poco especial.

—¿Qué dices, Melanie? —preguntó Perry bruscamente—. Roe no exagera. Todos sabemos lo que ha pasado. Y, por supuesto, no hace falta ser un genio para saber que el asesinato de Mamie imitaba al de Julia Wallace. Uno de nosotros está como una cabra. Y todos sabemos, porque hemos leído mucho sobre el tema, que un asesino psicótico puede ser dulce como una golosina por fuera y un lunático por dentro. ¿Qué os parece Ted Bundy?

—Solo pretendía decir… —intentó añadir Melanie, insegura—. Solo digo que es posible, no lo sé, que alguien que no conozcamos sea responsable de esto, alguien con quien no tengamos ninguna relación. Quizá la presencia de un grupo como el nuestro haya desencadenado alguna mente retorcida.

—Y a lo mejor los cerdos vuelan —murmuró Reynaldo, y Gifford se rio.

No era una risa normal, y la presencia empezó a rebotar la estancia como una fuerza ciega, dispuesta a crecer en el primero que lo permitiera. La gente estaba cada vez más nerviosa. Había cometido un error, no conseguíamos nada.

—Si alguno de vosotros tiene un enemigo, alguien que sepa que participáis en Real Murders, alguien que quizá haya leído vuestras anotaciones del club o vuestros libros, que se haya interesado en lo que estudiamos, ahora es el momento de pensar en esa persona —dije—. Si no encontramos a alguien con ese perfil, esta será la última reunión del club.

Aquello volvió a sumir a todos en un manto de silencio mientras lo asimilaban.

—Por supuesto —resopló Jane Engle—. Este es nuestro fin.

—Puede que lo sea literalmente, de más de uno, si no se nos ocurre algo —espetó Sally a bocajarro—. Quienquiera que esté detrás no va a detenerse. ¿Alguno cree que parará? Ni de lejos. Alguien se lo está pasando en grande y apuesto lo que sea a que se encuentra en esta sala.

—Tengo cosas mejores que hacer que seguir en un sitio donde llueven las acusaciones —estalló Benjamin—. Ahora estoy metido en política, y, de todos modos, habría abandonado el club. Que a nadie se le ocurra intentar matarme, porque le estaré esperando.

Se dirigió hacia la puerta en medio de un mar de susurros incómodos y, antes de que la cerrase, Gifford comentó en voz alta:

—Nadie se molestaría en matar a Benjamin. Menudo capullo.

Creo que todos pensábamos algunas variaciones de esa respuesta.

—Lo siento —me disculpé—. Pensé que podría lograr algo, que juntos recordaríamos algo que ayudase a resolver este horrible crimen.

Todo el mundo empezó a removerse, dispuesto a lidiar con cualquier cosa que pudiese surgir.

John Queensland exhibió un inesperado sentido del drama.

—Queda aplazada la última reunión de Real Murders —anunció formalmente.

CAPÍTULO 9

Tenía un aspecto estupendo. La madre de Amina meneó la cabeza pensativa cuando le dije que necesitaba algo nuevo que ponerme para ir a almorzar a la ciudad, y que también me sirviese para ir a trabajar. Eso último se salía del guión de Amina, pero ella no pagaba la factura. La señora Day pasó las apretadas perchas con mano profesional. Su mirada saltaba de las blusas a mí con ojos entornados mientras yo intentaba no parecer tan tonta (o quizá desesperada) como me sentía.

Sacó una blusa de color marfil con unos motivos de enredadera en color verde oscuro de arriba abajo, a juego con un lazo del mismo color («A tu edad, querida, no es adecuado nada más claro, demasiado juvenil»), que anidaba en las indómitas ondulaciones de mi pelo con rotunda feminidad. También me dio unos pantalones marrones con un cinturón ancho y pliegues extravagantes, y unos zapatos. Deslicé los pies dentro para llevármelos puestos de la tienda. La señora Day chasqueó la lengua al examinar mi pintura de labios (no era lo bastante oscura), pero me mantuve en mis trece. Odiaba pintarme los labios.

No era un conjunto espectacular, pero, sin duda, suponía todo un cambio en mí. Me sentía genial, y, mientras salía de la ciudad en dirección a la interestatal que la rodeaba, estaba bastante convencida de que Robin acabaría impresionado.

Me sentí menos segura cuando miré por la puerta acristalada del aula. Como predijo Amina, había un montón de «universitarias monas» en el taller de escritura creativa de Robin. Estaba dispuesta a apostar que la aplastante mayoría escribía poesía sobre el hambre en el mundo y las relaciones sentimentales con finales tristes. Al menos, cinco de ellas no llevaban sujetador. Los cuatro hombres del taller eran de la variedad seria y desaseada. Probablemente, creaban obras existenciales. O quizá poesía sobre relaciones con finales tristes.

Cuando los demás se levantaron para marcharse, dos de las chicas monas se rezagaron para exhibir sus encantos delante de Robin. Sonreí, pensando en Amina, al entrar en el aula.

Robin creyó que la sonrisa iba por él y me la devolvió.

—Me alegra que hayas encontrado el aula sin problema —dijo, y las jovencitas (recordé que no eran niñas) se volvieron para mirarme—. Lisa, Kimberly, os presento a Aurora Teagarden. —Oh, vaya, eso no lo esperaba. Robin y sus modales. La morena parecía incrédula y la rubia rio disimuladamente antes de poder evitarlo—. ¿Lista para almorzar? —preguntó Robin, y las caras de las dos jovencitas se pusieron tensas.

Gracias, Robin.

—Sí, vámonos —respondí para que lo oyeran, sin perder la sonrisa.

—Claro. Bueno, nos vemos en clase el miércoles —dijo Robin a Lisa y Kimberly. Las chicas salieron del aula con los brazos llenos de libros y Robin guardó un par de antologías en su maletín—. Permíteme que deje esto en mi despacho —añadió. El despacho, justo al otro lado del pasillo, estaba repleto de libros y papeles, aunque no eran suyos, según me explicó—. Se suponía que James Artis iba a dar tres talleres de escritura y una clase de Historia de la Novela de Misterio, pero cuando sufrió un infarto me recomendó a mí.

—¿Y por qué aceptaste? —pregunté. Salimos andando del campus en dirección a un restaurante de sándwiches y ensaladas, justo al final de la calle.

—Necesitaba un cambio —explicó—. Estaba cansado de pasar el día encerrado en un cuarto escribiendo. Llegué a publicar tres novelas seguidas, sin apenas descanso entre ellas, y me faltaban ideas para la siguiente, así que la enseñanza me pareció de lo más interesante. James me recomendó Lawrenceton porque no me arruinaría con el alquiler y, después de pasar un par de semanas en una de las habitaciones libres de la residencia masculina, me alegré sobremanera de encontrar la casa en la que me he instalado.

—¿Tienes previsto quedarte mucho tiempo? —pregunté con delicadeza.

—Eso depende del éxito de los talleres y la clase —dijo— y de la salud de James. Podría quedarme por la zona, aunque dejase la universidad. Esto me gusta lo mismo que donde vivía antes. La verdad es que ya no me siento arraigado en ninguna parte. Mis padres se han jubilado en Florida, así que no tengo muchos motivos para volver a mi ciudad natal…, San Luis —añadió en respuesta a la pregunta, que no había formulado.

Mantuvo abierta la puerta del restaurante. El sitio estaba lleno de helechos y las camareras y los camareros llevaban delantales idénticos y vaqueros debajo. El que nos tocó se llamaba Don, y parecía contento de servirnos. Se oía una cadena de radio de *rock* suave para todos los que nos considerábamos de la vieja guardia, de entre los veintiocho a los cuarenta y dos. Mientras estudiábamos la carta, decidí empezar a insinuarme, como me dijo Amina. Cuando pedimos, pensé que no iba bien encaminada porque Don se puso rojo y apenas podía evitar mirarme el escote. Robin pareció captar el grueso de las señales y, no sin cierto titubeo (era mediodía, estábamos en un local público y tenía que dar clase esa tarde), me cogió la mano sobre la mesa.

Nunca supe cómo reaccionar ante una situación así. Las ideas siempre se me disparaban. «Vaya, me ha cogido de la mano; ¿significa eso que quiere acostarse conmigo, salir otra vez o qué?». Y es que tampoco sabía dónde mirar. ¿A los ojos? Demasiado directo. ¿A la mano? Bastante estúpido. ¿Debía mover la mano para agarrar la suya? Incómodo. Nunca fui demasiado buena con estas cosas.

Por fin llegaron las ensaladas, así que separamos las manos para coger los cubiertos un poco aliviados, confesaré.

Me planteaba si debía seguir insinuándome mientras comíamos, cuando me di cuenta de que James Taylor* dejó de cantar por los altavoces y empezaron las noticias. El nombre de mi ciudad siempre me llamaba la atención. La voz neutral de una mujer decía: «En otro orden de cosas, hoy ha aparecido muerto el candidato a la alcaldía de Lawrenceton, Morrison Pettigrue. Pettigrue, de treinta y cinco años, era candidato a la alcaldía por el Partido Comunista. Su director de campaña, Benjamin Greer, encontró a Pettigrue muerto, con heridas de arma blanca, en la bañera de su casa, en Lawrenceton. Había papeles flotando en el agua, pero la Policía no ha dicho si alguno de ellos contenía una nota de suicidio. Las autoridades no tienen sospechosos y han rehusado especular sobre si la muerte se debió, como sostiene Greer, a un asesinato político».

Nuestros tenedores se quedaron paralizados a medio camino. Robin y yo nos miramos como dos tontos. La sensualidad se había evaporado.

—En la bañera —dijo Robin.

—Con un arma blanca. Y el remate de los papeles.

—Marat —dijimos al unísono.

—Pobre Benjamin —añadí. Nos repudia para seguir su propio camino, y el camino le da una patada en la entrepierna.

—Smith reconocerá el crimen, ¿no? —preguntó Robin, después de que expusiéramos varios e infructuosos razonamientos.

—Eso espero —contesté con confianza—. Arthur es inteligente y ha leído mucho.

—¿Llegaste a descubrir si los bombones encajaban con algún patrón?

* Cantautor y guitarrista. *(N. del T.)*

—Llamé a Jane Engle —dije, y le expliqué quién era Jane y por qué me fiaba de su memoria. Robin solo había coincidido una vez con los socios de Real Murders—. Está buscando.

—¿Crees que descubrirá algo antes de mañana por la noche? —preguntó.

—Bueno, puede que hoy la vea. A lo mejor ya lo tiene.

—¿Hay algún buen restaurante en Lawrenceton?

—Pues… el Carriage House. —Como decía su nombre, era una auténtica cochera y exigía reserva. El único establecimiento de Lawrenceton con categoría suficiente para exigirlo. Di los nombres de algunas alternativas, pero el Carriage House le gustó más que los otros.

—Este almuerzo está siendo un fiasco, apenas hemos tocado las ensaladas —protestó—. Deja que te invite a cenar mañana y comeremos y hablaremos como es debido.

—Vaya, gracias. Encantada. El Carriage House es un sitio elegante —añadí, y me pregunté si la indirecta lo ofendería.

—Gracias por avisar —respondió Robin para mi gran alivio—. Te acompañaré al coche.

Cuando miré el reloj, comprobé que tenía razón. Tanto caminar, insinuarme y especular había agotado casi todo el tiempo y tenía que llegar puntual al trabajo.

—Si no te importa hacer la reserva, te recogeré mañana a las siete —dijo Robin cuando llegamos a mi coche.

Bueno, al menos teníamos otra cita, aunque algo me decía que no era la típica cita social. «Robin tiene un interés profesional en los asesinatos —pensé— y yo soy la lugareña que puede utilizar de intérprete». Pero me dio un beso en la mejilla cuando iba a entrar en el coche, y no paré de cantar a James Taylor de vuelta a Lawrenceton.

Era mucho mejor que imaginar la horrible escena de Morrison Pettigrue tiñendo de escarlata el agua de la bañera con su propia sangre.

CAPÍTULO 10

—Cordelia Botkin, 1898 —susurró Jane, triunfante.

Se me había acercado por la espalda mientras recolocaba una serie de libros que habían devuelto. Estaba al final de una estantería, cerca de la pared, a punto de girar la esquina con el carro hacia la siguiente. Resoplé para mis adentros, cerré los ojos y recé para ser capaz de perdonarla. La mañana del martes había ido tan bien hasta ese momento…

—¡Roe, lo siento! Creí que me habías oído llegar.

Negué con la cabeza. Procuré no apoyarme en el carro con demasiada obviedad.

—¿Cordelia qué? —conseguí articular finalmente.

—Botkin. Es lo que más se le acerca. En realidad, no encaja del todo, pero lo suficiente. El que os mandó los bombones fue tan chapucero que debió de improvisarlo a última hora. O quizá tendrían que haber entregado el paquete antes de la muerte de Mamie Wright.

—Puede que tengas razón, Jane. La caja de bombones tardó seis días en llegar y la enviaron desde la capital, así que quien fuera pensó que tardaría dos o tres días.

Miré alrededor para comprobar que no había nadie escuchando. Lillian Schmidt, otra bibliotecaria, estaba colocando libros varias estanterías más allá, pero no lo bastante cerca como para poder escucharnos.

—¿Y cómo encaja, Jane?

Jane abrió la libreta que siempre parecía acompañarla.

—Cordelia Botkin vivía en San Francisco. Fue la amante de John Dunning, jefe de departamento de Associated Press. Él dejó a una mujer en... —Jane repasó sus notas—. Dover, Delaware. Botkin le envió varias cartas anónimas antes que los bombones. ¿Recibió tu madre alguna?

Asentí. Con un labio superior más rígido que el mármol, mi madre le contó a Lynn Liggett algo que pensó no era lo bastante importante como para decírmelo a mí: había recibido una larga, incomprensible y desagradable nota anónima en el buzón, pocos días antes de que llegasen los bombones. Pensó que el episodio era tan desagradable e irrelevante que no quería «molestarme» con eso. La tiró a la basura, por supuesto, pero estaba escrita a máquina.

Apostaría a que con la misma máquina que se utilizó para escribir la dirección de envío de los bombones.

—Al final —dijo Jane después de repasar de nuevo sus notas—, Cordelia creyó que Dunning volvería con su mujer, así que envenenó algunos bombones y se los mandó a la señora. Ella y una amiga murieron.

—Murieron —repetí lentamente.

Jane asintió, manteniendo la mirada discretamente en sus notas.

—Tu padre sigue trabajando en prensa, ¿no es así, Roe?

—Sí, pero no es periodista, está en el departamento de publicidad.

—Y vive con su nueva esposa, que podría representar a la «otra mujer».

—Bueno, sí.

—Entonces, es evidente que el asesino vio una similitud remota y aprovechó la oportunidad.

—¿Le has contado algo de esto a Arthur Smith?

—Pensé que debía hacerlo —respondió Jane con un amplio gesto de asentimiento.

—¿Y qué ha dicho? —pregunté.

—Quiso saber de qué libro saqué la información, lo apuntó, me dio las gracias, diría que algo abrumado, y se despidió. Me da la sensación de que le resulta complicado convencer a sus superiores de la relevancia de estos asesinatos. ¿Sabes qué había en los bombones?

—No, se llevaron la caja al laboratorio estatal para analizarla. Arthur nos advirtió que algunas de las pruebas tardan.

Lillian estaba cada vez más cerca y parecía curiosa, algo crónico en ella. Pero lo cierto era que, últimamente, todos mis compañeros sentían un interés extraordinario hacia mí. Una tranquila bibliotecaria encuentra un cadáver la noche de un viernes, cuando se reúne en un club de lo más extraño, recibe una caja de bombones manipulados el sábado, aparece vestida con ropa completamente nueva e inusual el lunes, y sostiene una conversación entre susurros con una mujer nerviosa el martes.

—Será mejor que me vaya. Te estoy entreteniendo —murmuró Jane. Conocía bastante bien a Lillian—. Pero es que me emocioné tanto al descubrir el patrón que no he podido evitar venir corriendo a contártelo. Por otro lado, es evidente que la muerte de ese comunista fue una imitación del asesinato de Marat. ¡Pobre Benjamin Greer! Las noticias dicen que él encontró el cuerpo.

—Jane, te agradezco la labor de investigación —le susurré de camino a las escaleras—. La semana que viene te invito a almorzar en agradecimiento. —Lo último de lo que me apetecía hablar era del asesinato de Morrison Pettigrue.

—Vaya por Dios, no es necesario. Me has dado algo con lo que entretenerme. Hacer sustituciones en la escuela y aquí es divertido, pero nada en comparación con identificar el patrón de un asesinato. Aun así, sospecho que tendré que buscar una afición nueva. Todas esas muertes, ese miedo. Empieza a ser demasiado para mí. —Y Jane suspiró, aunque yo no estaba muy segura de si era por las muertes de Mamie Wright y Morrison Pettigrue o porque tendría que buscarse una afición nueva.

Yo estaba en la segunda planta de la biblioteca, una amplia galería con tres paredes y la cuarta abierta sobre la planta baja, donde están los libros infantiles, las publicaciones periódicas y el mostrador de préstamos. Observaba a Jane dirigirse hacia la puerta de salida, pensando en Cordelia Botkin, cuando vi a otra persona abandonar el edificio: la detective Lynn Liggett. El director de la biblioteca, Sam Clerrick, la acompañaba hasta la puerta. Fue una desagradable sorpresa para mí. Solo se me ocurría que había ido a preguntar por mí. ¿Para conocer mis horarios? ¿Para indagar sobre mi personalidad? ¿Para saber mi horario el día del asesinato?

Llena de incómodas dudas, doblé la esquina de la siguiente fila de estanterías. Volví a colocar los libros con el piloto automático puesto, incapaz de dejar de pensar en la visita de la detective Liggett. «Sam Clerrick no tiene nada malo que decirle de mí», pensé. Era una empleada muy meticulosa, siempre puntual y casi nunca me ponía enferma. Jamás me había enfrentado a ningún usuario, por muy tentada que estuviera, especialmente con los padres que dejaban a sus hijos en la biblioteca, durante el verano, con instrucciones de pasárselo bien durante un par de horas mientras mamá y papá iban de compras.

Entonces, ¿por qué me preocupaba? Me eché un rapapolvo a mí misma. Me afectaba demasiado formar parte de una investigación criminal. Mi deber cívico me exigía no incomodarme con el escrutinio policial.

Me pregunté si existía una posibilidad razonable de que me considerasen sospechosa del asesinato de Mamie. Pude hacerlo, claro que sí. Había estado en casa sin testigos más de una hora antes de salir hacia la reunión. Quizá alguno de los vecinos podría declarar que mi coche estaba en su sitio habitual, aunque eso no constituiría una prueba concluyente. Es de suponer que, si hubiese encontrado alguna tienda donde vendiesen bombones Mrs. See's, podía habérmelos enviado. También pude escribir la dirección con una de las máquinas de escribir de la biblioteca. ¡A lo mejor la detective Liggett había tomado muestras de todas las que teníamos! Aunque, si alguna de ellas encajaba, eso no demostraría que yo hubiese escrito nada. Y, si no encajaba ninguna, podía haber usado otra… Quizá la del despacho de mi madre.

Pero el asesinato de Morrison Pettigrue era un asunto completamente distinto. No conocía a ese hombre y, desde luego, ya no lo haría. Ni siquiera sabía dónde vivía hasta que me lo dijo otra bibliotecaria, pero, pensándolo bien, estas cosas no podía demostrarlas. La ignorancia es algo muy difícil de demostrar. Además, si lo asesinaron a última hora del domingo, tras la infructuosa última reunión de Real Murders, no tenía ninguna coartada. Me había quedado sola, en casa, compadeciéndome de mí misma.

Aun así, si por algún milagro se demostrase que el asesinato tuvo lugar en las horas que estuvimos reunidos, ¡todos estaríamos libres de sospecha! Sería demasiado bueno para ser verdad.

Estaba tan ocupada tratando de imaginar todos los pros y los contras de que me arrestaran que me di de bruces con Sally Allison. Rebuscaba entre los libros de costura, que abundan en nuestra biblioteca. Lawrenceton es como una capital del bordado.

Susurré una disculpa. Sally hizo lo propio.

—No pasa nada.

Pero Sally se quedó petrificada en el sitio, con los ojos clavados en los volúmenes que tenía delante. Sally había frecuentado bastante la biblioteca durante los dos últimos meses, incluso en lo que yo suponía que eran sus horas de trabajo. En realidad, no creía que fuese a buscar libros, aunque siempre se llevaba alguno. Estaba convencida de que iba a vigilar a Perry. No me sorprendía, después de lo que me había contado Amina. Me di cuenta de que, a veces, Sally ni siquiera hablaba con su hijo, sino que lo vigilaba desde la distancia, como si buscase algún síntoma de problemas.

—¿Qué tal está tu madre, Roe? —me espetó.

—Muy bien, gracias.

—¿Os habéis recuperado del susto de los bombones? No tuve ocasión de preguntarte la otra noche.

Sally nos llamó a las dos para entrevistarnos cuando leyó los informes policiales sobre el incidente. Más tarde, al comparar las versiones, descubrimos que mi madre y yo fuimos tan escuetas como corteses. Yo consideraba que mi nombre había aparecido en la prensa hacía muy poco, y mi madre creía que todo ese episodio era demasiado sórdido para comentarlo. (Además, como profesional, pensaba que un intento de envenenamiento no sería bueno para el negocio).

—Sally, no me asusté porque no sabía, ni antes ni ahora, que nadie quisiera hacernos daño a mi madre o a mí. Seré franca, Sally: eres amiga y periodista, pero, la verdad, no tengo muy claro con quién hablo últimamente.

Sally se volvió para mirarme de frente. No estaba enfadada, pero la determinación brillaba en su mirada.

—Roe, aunque trabaje en un periódico modesto, soy periodista de verdad. Tú te apellidas Teagarden, así que todo lo que te pase es noticia por partida doble. Tu madre es una de las mujeres más destacadas de la ciudad y tu padre, muy conocido. Mi jefe no mantendrá el acuerdo de silencio con la Policía durante mucho más tiempo. ¿Responde eso a tu pregunta? Ahí viene Lillian. ¿Has leído este libro sobre bordado florentino?

Parpadeé y me recompuse.

—No, Sally, ni siquiera sé coser un botón. Deberías preguntar a mi madre cualquier duda sobre costura. O a Lillian

—añadí ágilmente mientras mi compañera arrastraba su carro hasta el otro extremo de las estanterías.

Lillian, cuyo sentido del oído es tan fino como el de un murciélago, se volvió al oír su nombre y vino hacia nosotras. Ambas se enzarzaron en una confusa conversación acerca del punto francés y el bordado de pabilo. Algo triste, volví a mis tareas. Me pregunté si Sally decidiría ser amiga mía cuando no fuera noticia.

Al mirar el reloj y ver que eran las cuatro (yo salía del trabajo a las seis), me di cuenta de que más me valía pensar qué iba a ponerme para ir al Carriage House con Robin. Dijo que me recogería a las siete, lo que me daba una hora escasa para llegar a casa, ducharme, maquillarme y vestirme. No hubo problemas con las reservas; los martes no eran días especialmente complicados en el restaurante, y teníamos mesa a las siete y cuarto. Pero aún no sabía qué ponerme. Acababa de recoger de la tintorería un vestido de seda azul marino. ¿Llevé a reparar las sandalias a juego cuando me di cuenta de que tenían una tira suelta? Desesperada, lamenté no haber comprado los zapatos negros que vi en la tienda de la madre de Amina el otro día. Tenían unos lazos en la parte trasera del tacón y me parecieron preciosos. ¿Me daba tiempo de ir a comprarlos?

Poco a poco fui consciente del monótono murmullo de alguien al otro lado de la estantería. Solo podía ser Lillian. Por supuesto, cuando saqué un volumen de la «Perspectiva humorística de la vida con animales dentro y fuera de casa» de un veterinario, que habían dejado en la 364, por el hueco vi la redonda cara de mi compañera.

—Creo que deberíamos ganar más —dijo Lillian con mal humor—. Y que deberían consultarnos antes de asignarnos los turnos de noche, por no hablar de que nunca debieron contratar a ese jefe.

—¿Sam Clerrick? ¿Noches? —interrogué atolondradamente, sin saber muy bien por dónde empezar a preguntar.

Lillian había sido una de las mayores admiradoras de Sam Clerrick hasta ese momento, al menos hasta donde yo sabía. El señor Clerrick me parecía duro e inteligente, pero me reservaba mi juicio sobre su capacidad de gestionar al personal.

—¿Cómo?, ¿no lo has oído? —contestó Lillian satisfecha—. Claro, con tantas emociones fuertes que tienes últimamente, no me extraña que no te hayas enterado de los asuntos banales.

Puse los ojos en blanco.

—Al grano, Lillian.

Lillian movió sus anchos hombros con expectación.

—¿Sabías que el consejo de administración se reunió hace dos noches? Sam Clerrick estuvo allí, por supuesto, y dijo que, en su opinión, hace cuatro años no se había explotado adecuadamente el horario nocturno, que resultó nefasto, ¿lo recuerdas? Quiere que vuelva a intentarse durante un tiempo con la plantilla que tenemos ahora. Así que, en vez de abrir una noche a la semana, abriremos tres durante un mes, de prueba.

Cuatro años antes, Lawrenceton era una ciudad más pequeña, y abrir más de una noche después de las seis de la tarde solo había aumentado la factura de la luz y el aburrimiento de unos cuantos bibliotecarios. Nuestro horario nocturno semanal era ideal para quienes tuvieran turnos laborales fuera de lo normal y no pudieran acudir a la biblioteca en horario diurno. La actividad no había sido tan escasa esas noches, pensé justamente y, con el reciente aumento de la población local, otra intentona me parecía bastante razonable. Aun así, me fastidiaba un poco que me cambiasen el horario.

Por otra parte, últimamente me costaba considerar mi trabajo como lo más importante de mi vida.

—¿Cómo va a hacerlo sin aumentar la plantilla? —pregunté con poco interés.

—En vez de dos bibliotecarios por noche, trabajaremos en equipos de un bibliotecario y un voluntario.

Los voluntarios eran de lo más variado. Generalmente, solían ser hombres y mujeres mayores o mujeres de mediana edad, que disfrutaban con los libros y se sentían como en casa en una biblioteca. Una vez formados, eran toda una bendición, salvo el diminuto porcentaje que aceptaba el trabajo para ver a sus amigos y cotillear.

Ese porcentaje no tardaba en aburrirse y dejarlo.

—Yo me apunto —le dije a Lillian.

—Hoy sabremos algo más oficialmente —continuó, decepcionada ante mi reacción—. Hay una reunión de la plantilla a las cinco y media, así que Perry Allison te relevará en el mostrador de devoluciones. Bueno —soltó, mirando su reloj con un gesto demasiado obvio—, ¿no va siendo hora de que vayas?

—Sí, Lillian, sé la hora que es —respondí con elaborada paciencia— y ya voy.

Nos turnábamos para la reposición y para casi cualquier otra tarea, porque había una plantilla demasiado pequeña para permitir cualquier tipo de especialización, aunque con muchos individuos que no dudaban en dejar claras sus preferencias. Haría mal corriendo escaleras abajo solo porque Lillian había mirado su reloj, así que seguí hablando:

—Estoy dispuesta a dar otra oportunidad al horario nocturno. Tener más tiempo libre durante el día también puede ser una ventaja. —«Ya que mi calendario social nocturno tampoco es que tenga lista de espera», aunque no sentí la necesidad de compartir eso con Lillian.

Me alivió que la reunión no fuera después de las seis. Entonces, recordé con certeza que las sandalias a juego con el vestido de seda azul tenían la tira rota.

—Demonios —susurré mientras colocaba un libro en su sitio con tal fuerza que el del otro lado salió disparado al suelo.

—Dios mío —exclamó Lillian triunfante, agachándose para recogerlo—. ¿Qué mosca te ha picado, eh?

Mis labios pronunciaron otra cosa aparte de «demonios», pero no lo articulé con la voz.

Disfrutaba con los turnos rotatorios. Tenía que estar en el mostrador lateral de la entrada. Respondía a las preguntas y recibía los libros, cobraba la tarifa si los devolvían fuera de plazo, les introducía de nuevo sus respectivas tarjetas y los dejaba en los carros para luego colocarlos en sus estanterías correspondientes. También gestionaba la salida de los volúmenes de la biblioteca. Y, si el trabajo se acumulaba, me asignaban un ayudante.

Hoy era un día tranquilo, menos mal, porque mi mente no se centraba en el trabajo, vagaba a su aire. Qué cerca había estado mi madre de comerse ese bombón. Cómo me había mirado la cara de Mamie desde esa posición artificial, de espaldas. Cuánto me alegraba no haber visto la parte delantera. Cómo la importancia de descubrir el cadáver había dado a Benjamin un nuevo pretexto para vivir tras la muerte de sus ambiciones políticas. Cómo me alegraba de salir con Robin esa noche. Cuánto me gustaban los ojos azules de Arthur Smith.

Arranqué mis pensamientos de ese torrente agridulce y me dispuse a charlar de banalidades con el voluntario que me acompañaba en el mostrador: Arnie, el padre de Lizanne Buckley, un jubilado de pelo blanco con sesenta y seis años a la espalda y una mente prodigiosa. Cuando al señor Buckley le interesaba en un tema, leía todo lo que podía encontrar sobre el asunto y olvidaba muy poco de lo que leía. Pero, una vez que dejaba de interesarle, pasaba a otro, aunque seguía siendo una especie de experto en la materia. En esa tranquila y cálida tarde, el señor Buckley confesó que empezaba a tener dificultades para encontrar un tema interesante. Le pregunté cómo los elegía y me respondió que por casualidad.

—Por ejemplo, cuando veo una abeja en las rosas. Entonces digo: «¡Caramba! ¿Esa abeja no es más pequeña que la que sobrevuela la otra rosa? ¿Serán de la misma especie? ¿Acaso esta especie solo recoge polen de las rosas? ¿Por qué no crecen más rosas silvestres si las abejas transportan el polen?». Así que me da por leer sobre abejas, y puede que sobre rosas también. Pero, últimamente, no sé, no surge nada.

Simpaticé con su perspectiva y le dije que empezaba a mejorar el tiempo, que podría pasear más, y surgirían nuevos temas.

—A la vista de lo que ha estado pasando en esta ciudad últimamente —comentó el señor Buckley—, he pensado que podría ser interesante investigar sobre asesinatos.

Le lancé una mirada afilada, pero vi que no se refería a la relación de los socios de Real Murders con una serie de crímenes.

—No es mala idea —respondí al cabo de un rato.

—Pero se han llevado todos los libros —se lamentó.

—¿Qué?

—Se han llevado casi toda la bibliografía sobre asesinos y asesinatos —explicó pacientemente.

Bien pensado, tampoco era muy de extrañar. Todos los socios de Real Murders —bueno, los antiguos miembros— se preparaban para lo que pudiese ocurrir.

Pero cabía la posibilidad de que alguien se esforzara para que ocurriera lo que ocurría.

Es enfermizo. Lo miré un momento y luego tuve que darme la vuelta. No alcanzaba a visualizar, no me atrevía, a algún conocido hurgando en esos libros para seleccionar un asesinato antiguo y luego imitarlo y recrearlo en el cuerpo de algún conocido.

Perry se acercó al mostrador para relevarme y que pudiera asistir a la reunión, que me parecía tan irrelevante que casi cogí mi jersey y salí por la puerta principal. Tenía una cita esa noche. De repente, toda la alegría que me proporcionaba esa cita desapareció. Parte de mi cambio de humor fue por Perry; definitivamente, estaba en plena crisis. Apretaba los labios formando una línea taciturna, y esto redoblaba la profundidad de sus arrugas buconasales.

De repente, sentí lástima por Perry y le dije:

—Adiós, hasta luego. —Lo solté con el tono más amable que conseguí, mientras lo rodeaba para ir a la sala de conferencias. Lo lamenté cuando me devolvió una sonrisa. Ojalá hubiese mantenido la seriedad. Su sonrisa era depravada y engañosa, como la de un tiburón. Podía imaginarlo como el fantoche victoriano de Thomas Neill Cream, que daba píldoras envenenadas a las prostitutas y se quedaba mirando, ansioso por ver cómo las tragaban.

—Ve a la reunión —dijo con una voz desagradable.

Me marché aliviada al tiempo que Arnie Buckley emprendía la batalla perdida de mantener una conversación con Perry.

Sin ningún entusiasmo, me dejé caer sobre una horrible silla metálica de la sala de conferencias de la biblioteca y escuché las novedades que ya conocía. El señor Clerrick, con su habitual eficiencia y falta de conocimiento sobre la especie humana, ya había preparado los nuevos horarios y los iba distribuyendo, en vez de darnos la oportunidad de digerir y debatir el nuevo horario.

Me tocaba el jueves, de seis a nueve, con el señor Buckley, apuntado provisionalmente como voluntario. A los voluntarios aún no les habían preguntado individualmente si estaban dispuestos a trabajar por las noches, pero su presidente había accedido, al menos en principio. El señor Clerrick pondría un anuncio en el periódico «para compartir con los usuarios las emocionantes noticias» (de hecho, esas fueron sus palabras).

—¿Vas a salir con nuestro nuevo vecino, el escritor, esta noche? —preguntó Perry con un tono meloso, cuando regresé al mostrador.

Me pilló por sorpresa; por una vez, tenía la mente muy centrada en el trabajo.

—Sí —dije tajantemente, sin pensarlo—. ¿Por qué?

Había dejado entrever mi desagrado; un error. Tenía que haber mantenido la apariencia amistosa.

—Ah, por nada —contestó Perry alegremente, pero empezó a sonreír, con una sonrisa tan falsa y desagradable que, por primera vez, me asustó.

—Ya me encargo yo del mostrador —dije—. Puedes volver a tu trabajo. —No sonreí y mantuve la voz plana; ya era demasiado tarde para disimulos. Por un terrible instante, pensé que no se iría, que la horrorosa oscuridad de su mente le hacía perder la prudencia para mantener las apariencias en su vida.

—Hasta luego —se despidió Perry tras borrar completamente su sonrisa.

Observé cómo se marchaba con la piel de gallina.

—¿Te ha dicho algo desagradable, Roe? —preguntó el señor Buckley. Tenía todo el aspecto belicoso que un anciano de pelo blanco podría exhibir.

—No, la verdad. Es como lo ha dicho —respondí. Quería ser sincera, pero no alterarle.

—Ese chico tiene una mente venenosa —aseguró el señor Buckley.

—Tiene razón. Bueno, hablando de los nuevos horarios…

Pronto estábamos otra vez ocupados y las aguas volvieron a su cauce, al menos aparentemente; pero estaba más convencida que nunca de que Perry Allison tenía una mente retorcida como una serpiente y que las frecuentes visitas de su madre a la biblioteca eran mecanismos de control. Sally Allison conocía muy bien las serpientes que vivían en su cabeza y temía que pudieran colarse por los crecientes huecos del estado mental de Perry.

El señor Buckley y yo estuvimos muy ocupados hasta la hora del cierre, atendiendo a un aluvión de usuarios de todas las edades, que venían a hacer trabajos escolares o a devolver libros después del trabajo. Tanto trabajo me devolvió a mi ser, como si tener un objetivo a corto plazo me sirviese de bálsamo.

Arthur Smith me esperaba junto a mi coche. Tenía tanta prisa por llegar a casa y tan poco tiempo que, en un principio, me molestó verlo ahí.

—No me gusta interrumpirte en el trabajo si no es necesario —dijo con un tono serio.

—No importa, Arthur. ¿Hay noticias nuevas? —Pensé que quizá el laboratorio ya había analizado lo que había dentro de los bombones.

—No, los análisis aún no han concluido. ¿Tienes un momento?

—Eh…, bueno, unos minutos.

Para mi gran alegría, no pareció sorprenderle mi falta de tiempo.

—Bien. Si no te importa, podemos entrar en mi coche o dar un paseo alrededor de la manzana.

Escogí el paseo. Por alguna razón, no quería que Lillian Schmidt me viera en un coche con un hombre en un aparcamiento. Así que anduvimos por la acera en esa fresca noche. No puedo mantener el paso de algunos hombres, porque mis piernas son tan cortas que los obligo a aminorar la marcha, pero Arthur parecía adaptarse bien.

—¿Qué esperabas de la reunión del domingo? —me preguntó a bocajarro.

—No lo sé. Un milagro. Deseaba que alguien tuviese una idea que evaporara toda esta pesadilla. Pero, en cambio, alguien mató a Morrison Pettigrue. Todo un éxito de reunión, ¿eh?

—Planearon esa muerte antes de la reunión. Lo que me reconcome es que yo estaba sentado en la misma sala que el asesino horas antes de que lo matara y no tuve ninguna intuición. A pesar de saber que había un criminal entre nosotros. —Se detuvo, agitó la cabeza y siguió andando.

—¿Alguno de tus compañeros piensa como tú, que una sola persona está haciendo todo esto?

—Me cuesta convencer a los otros detectives de las similitudes de los dos casos con otros antiguos. Y desde lo de Pettigrue están menos receptivos, a pesar de que, cuando vi la escena, expliqué que era una copia del asesinato de Jean-Paul Marat. Les faltó reírse en mi cara. Hay mucho loco de derechas que desearía ver muerto a un comunista confeso. Solo un par de detectives están dispuestos a creer que los dos crímenes están relacionados.

—Hoy he visto a Lynn Liggett en la biblioteca. Supongo que me estaba investigando.

—Estamos investigando a cualquiera remotamente implicado —dijo Arthur claramente—. Liggett solo hace su trabajo. Se supone que yo he de averiguar dónde estuviste la noche del domingo.

—¿Después de la reunión?

Asintió.

—En casa. En la cama. Sola. Sabes que no tengo nada que ver con el asesinato de Mamie, los bombones ni con la muerte de Morrison Pettigrue.

—Lo sé. Te vi cuando descubriste el cuerpo de la señora Wright.

Sentí una ridícula oleada de alivio y gratitud porque alguien me creyera.

Ya llegaba tarde y tenía que arreglarme, así que dije:

—¿Querías contarme algo más?

—Soy un hombre divorciado sin hijos —dijo Arthur de sopetón.

Asentí, alucinada. Intenté mantener un aire de curiosidad inteligente.

—Una de las razones por las que me divorcié fue porque mi mujer no soportaba que mi trabajo me impidiera, a veces, cumplir con nuestros planes. Incluso en Lawrenceton, que no es ni mucho menos Nueva York, ni siquiera Atlanta.

Hizo una pausa a la espera de una respuesta, así que dije, insegura:

—Claro.

—Bueno, quiero salir contigo. —Sus profundos ojos azules se clavaron en mí con efectos devastadores—. Pero surgirán cosas, y, a veces, te sentirás decepcionada. Deberías tener eso en cuenta de antemano si también quieres salir conmigo. No sé si quieres, pero prefiero dejarlo bien claro.

Pensé: a) Su franqueza me parece admirable. b) ¿Eso es ego, o qué? c) Ha dicho «No sé si quieres», lo que significa que al menos alberga una esperanza, aunque lo más probable es que esté tanteándome. d) Quiero salir con él, pero no desde una posición de debilidad. Arthur respetaba la fuerza de los demás.

Tardé unos minutos en procesar esos pensamientos. Unos días antes, le habría dado un «sí» timorato, pero, desde entonces, había vadeado alguna que otra tempestad y creía que podía aspirar a más.

Me miré los pies mientras avanzaban por la acera y dije:

—Si me estás pidiendo salir insinuando que tu trabajo es más importante que los planes que podamos hacer juntos, no puedo aceptar una relación tan… desequilibrada. —Seguí mirándome los pies, que avanzaban con firmeza. Los zapatos de Arthur eran brillantes y oscuros, y durarían al menos veinte años—. Pero si me dices que el departamento de Policía tiene prioridad durante una crisis, puedo llegar a comprenderlo. Si no estás poniendo una tirita antes de la herida, para cubrirte las espaldas cuando no te apetezca aparecer… —Inspiré profundamente. Hasta aquí, los zapatos no se habían largado en otra dirección—. Entonces vale. Por otra parte, esto parece un poco excluyente, nunca hemos salido juntos. Me gustaría ir poco a poco.

Había subestimado a Arthur.

—He debido de sonar asquerosamente egoísta —se excusó—. Lo siento. ¿Te apetecería salir conmigo alguna vez?

—Sí —contesté. No sabía qué hacer a continuación. Lo miré de reojo y vi que sonreía—. ¿A qué he accedido exactamente? —pregunté.

—A menos que me asignen algo ineludible, no olvides que estamos en plena investigación criminal. —¡Como si fuese a olvidarlo!—. ¿Te parece el sábado por la noche? Tengo una máquina de palomitas y un reproductor de vídeo.

Nada de primeras citas en el apartamento de un hombre. Por Dios, al menos podría llevarme a alguna parte en nuestra primera cita. No me apetecía echarle un pulso. Mi experiencia era limitada, pero algunas cosas ya las sabía. Además, quizá no pudiese echar un pulso con Arthur, y no quería empezar una relación así.

—Quiero ir a patinar —dije lo primero que se me pasó por la cabeza.

Arthur parecería tan sorprendido como si le hubiese dicho que quería saltar desde la azotea de la biblioteca. ¿Por qué había soltado eso? Hacía años que no patinaba. Volvería llena de cardenales después de demostrar mi proverbial torpeza.

Pero puede que él también.

—Es muy original —dijo Arthur lentamente—. ¿Estás segura de que es lo que quieres?

Decidida, asentí con gravedad.

—Vale —contestó con firmeza—. Te recogeré el sábado a las seis. Si te parece bien. Luego, cuando nos hayamos dado todos los golpes necesarios, podemos ir a cenar. Eso siempre que me den la noche libre en medio de tres investigaciones. Aunque es posible que, para entonces, ya las hayamos resuelto.

—Vale —asentí. Eran unas condiciones aceptables.

Terminamos de rodear la manzana y cada uno se subió a su coche. Observé cómo Arthur salía del aparcamiento mientras agitaba la cabeza. Reí en voz alta.

Odiaba llegar tarde a mi cita con Robin. Tuve que pedirle que me esperara abajo mientras me daba los últimos retoques.

Había comprado los zapatos y estaba encantada conmigo misma. Robin no pareció sorprendido o desconcertado por tener que esperarme, pero no pude evitar sentirme grosera y en cierta desventaja, como si hubiese podido mostrar algo mejor después de tanta preparación. No obstante, mientras me contemplaba en un espejo de cuerpo entero antes de bajar, comprobé que no había quedado tan mal. No había tenido tiempo de arreglarme el pelo, así que decidí dejarlo suelto, con el flequillo hacia atrás sujeto con una horquilla esmaltada. El vestido de seda azul era sobrio, pero al menos conseguía enfatizar mis encantos más visibles.

Me sentía muy insegura antes de bajar las escaleras y muy tímida cuando Robin levantó la mirada. Pero a todas luces le gustaba y dijo:

—Me encanta tu vestido. —Con ese traje gris no parecía la misma persona sociable que se bebió mi vino ni el profesor de universidad que me despertó deseos pélvicos después de comer en el restaurante, sino más bien lo que era: un escritor relativamente famoso.

Hablamos del asesinato de Pettigrue en la mesa del Carriage House, donde la camarera pareció reconocer vagamente su nombre. Aunque a lo mejor pensaba en el personaje literario. Lo pronunció como «Cur-so» y nos dio una buena mesa.

Le pedí que me hablara de su trabajo en la universidad y de cómo lo compaginaba con la escritura, preguntas a las que, probablemente, ya había respondido antes. Me di cuenta de que era una persona acostumbrada a que la interrogaran y reconocieran. Me sentí mejor cuando recordé que Lizanne me lo había «pasado», y, justo cuando pensaba eso, vi que Arnie y Elsa, los padres de Lizanne, estaban sentados en una mesa frente a nosotros. Los acompañaban los Crandall, propietarios de la vivienda a la derecha de la mía.

Sentí que era de obligación social presentarles a Robin, y nos acercamos a su mesa.

Arnie Buckley se levantó como un resorte y estrechó la mano de Robin con sumo entusiasmo.

—¡Oh, Lizanne nos ha hablado mucho de usted! —dijo—. Nos enorgullece que un escritor tan famoso haya decidido mudarse aquí, a Lawrenceton. ¿Le gusta? —El señor Buckley siempre había sido miembro de la Cámara de Comercio de Lawrenceton y confeso defensor de su localidad.

—Es un lugar emocionante —respondió Robin honestamente.

—Bien, bien, pues tendrá que pasarse por la biblioteca. No es tan sofisticada como las de la capital, pero ¡a nosotros nos gusta! Elsa y yo somos voluntarios. ¡Hay que ocupar el tiempo en algo ahora que estamos jubilados!

—Yo ayudo con la venta de libros —matizó Elsa modestamente.

Elsa era la madrastra de Lizanne, pero de joven había sido tan guapa como, probablemente, la madre biológica. A Arnie Buckley le sonreía la suerte en lo que a mujeres se refería. Él ya era un hombre canoso y con arrugas, pero Elsa seguía siendo una mujer de trato y aspecto agradables.

No sabía que los Buckley fueran amigos de los Crandall, pero pude ver dónde radicaba la atracción. Al igual que el señor Buckley, Jed Crandall era de esos jubilados incapaces de quedarse sentados: tenía mucho nervio, fácil de encender y apaciguar. A su mujer siempre la habían llamado Teentsy,* y aún se ceñían al apelativo, aunque superaba a su marido en unos veinte kilos.

Teentsy y Jed mantenían con Robin la típica conversación de vecinos y le pidieron que fuera a visitarlos. Teentsy dejó claro que, como era un pobre soltero (y ahí me lanzó una mirada de soslayo), si cualquier día no tenía nada para comer, no

* Modo coloquial de referirse a una persona menuda. *(N. del T.)*

dudara en llamar a su puerta, que a ellos siempre les sobraba, ¡y ella era la prueba viviente!

—¿Le interesan las armas? —preguntó Jed alegremente.

—El señor Crandall tiene una buena colección —le dije a Robin apresuradamente, pensando que no le vendría mal estar al tanto.

—Bueno, a veces, desde un punto de vista profesional. Soy escritor de novelas de misterio —explicó cuando los Crandall no pudieron disimular su estupor, si bien los Buckley asentían vigorosamente, benditos sean.

—Entonces ¡pásese por casa, no sea tímido! —le animó Jed Crandall.

—Muchas gracias, ha sido un placer conocerles —se despidió Robin de la mesa en general, recibiendo a cambio un coro de «encantados» y «un placer, igualmente» antes de regresar a nuestra mesa.

El encuentro despertó la voraz curiosidad de Robin y, al hablarle de los Crandall y los Buckley, empecé a sentirme más cómoda. Charlamos de su nuevo trabajo cuando llegó la comida. Y, al empezar a comer, ya estaba lista para sacar el tema de los asesinatos.

—Jane Engle ha venido hoy a la biblioteca con una teoría bastante sólida bajo el brazo —comencé, y le comenté la similitud de «nuestro» caso con el de Cordelia Botkin. El asunto intrigó a Robin.

—Jamás había oído hablar de ese caso —dijo cuando nos sirvieron la ensalada—. ¡Qué libro podría sacar con esto! A lo mejor me animo a escribirlo; mi primer libro basado en hechos reales.

Robin estaba más distanciado del caso. Era nuevo en la ciudad, no conocía a las víctimas personalmente (a menos que pudiéramos incluir a mi madre en el saco) y probablemente tampoco conocía al criminal. Me sorprendió que los crímenes le parecieran tan emocionantes, hasta que, después de tragarse un trozo de tomate, explicó:

116

—¿Sabes, Roe? Escribir sobre crímenes no quiere decir que tengas una experiencia directa. Esto es lo más cerca que he estado nunca de un asesinato real.

Yo podría haber dicho lo mismo desde el punto de vista de lectora. Había sido una aficionada a los crímenes, tanto reales como de ficción, durante años, pero aquella había sido mi experiencia más cercana a una muerte violenta.

—Pues yo espero no acercarme más —solté bruscamente.

Estiró la mano sobre la mesa y cogió la mía.

—Es poco probable —señaló cautelosamente—. Vi lo de los bombones envenenados. Bueno, aún no está confirmado, ¿verdad? Espeluznante. Pero también impersonal, ¿no crees? La situación de tu madre encaja a duras penas con el caso Botkin, no como el perfil de Mamie Wright con el caso de Julia Wallace. Por eso la escogieron.

—Pero los mandaron a mi dirección —insistí, permitiendo de repente que el miedo me abrumara, como si lo hubiese estado conteniendo todo ese tiempo—. Querían implicarme a mí. Mi madre encajaba en el patrón, aunque eso no habría sido de ningún consuelo si hubiera muerto —añadí sin paños calientes—. Pero el envío a mi casa… fue un intento deliberado de… matarme. O, al menos, de que fuese testigo de la muerte de mi madre, o que lo pasase mal, según lo que contengan los bombones. Eso no encaja en ningún patrón. Se trata de algo muy personal.

—¿Qué clase de persona haría eso? —se preguntó Robin.

Lo miré a los ojos.

—Ese es el quid de la cuestión, ¿no? —dije—. Por eso nos gustan tanto los antiguos asesinatos. Desde una distancia segura, podemos elucubrar sobre las personas capaces de hacer cosas así sin remordimientos. Prácticamente todo el mundo es capaz de matar a otra persona. Supongo que yo también, si me viese acorralada. Pero estoy segura, he de estarlo, de que no hay mucha gente capaz de sentarse a planear una muerte como si fuera un juego que el asesino ha decidido jugar. He de aferrarme a eso.

—Estoy de acuerdo —respondió él.

—Esta persona no actúa por ninguno de los famosos motivos que escribió F. Tennyson Jesse* —continué—. Debe de ser alguien que hace lo que siempre ha querido. Por alguna razón, ahora lo ve posible.

—Un socio del club.

—Un antiguo socio —dije tristemente, y le conté a Robin lo del encuentro de la noche del domingo.

Necesitábamos cambiar de tema; ¿no había más que asesinatos? Robin, bendito sea, debió de ver que no podía más y empezó a hablarme de su agente y del proceso para publicar un libro. Me hizo reír con anécdotas sobre firmas de libros que había soportado y yo le correspondí con historias de gente que venía a la biblioteca con preguntas de lo más extrañas. Lo cierto es que pasamos una velada muy agradable, y aún estábamos en nuestra mesa cuando los Crandall y los Buckley pagaron la cuenta y se fueron.

Como el Carriage House estaba al sur de la ciudad, tuvimos que pasar por delante de nuestras casas para meternos en el camino privado. Había un hombre de pie frente a la hilera de casas, en la acera. Cuando pasamos junto a él, volvió su pálido rostro hacia nosotros. Bajo la luz de una farola creí reconocer a Perry.

Pero me distrajo el beso que me dio Robin cuando llegamos a mi puerta trasera. Fue tan inesperado como delicioso, y la disparidad de nuestras alturas dejó de tener ninguna importancia. Quizá su petición de salir no había sido tan impersonal como me había figurado en un principio; su beso estaba cargado de entusiasmo.

Subí las escaleras tarareando una melodía y sintiéndome muy atractiva. Al entrar en mi habitación, a oscuras, eché un vistazo por la ventana. No había nadie en la calle.

* Criminóloga inglesa de principios del siglo xx. *(N. del T.)*

Esa noche llovió. Me despertaron las gotas que no dejaban de repiquetear en la ventana. Veía los destellos de los relámpagos filtrarse a través de las cortinas.

Bajé las escaleras y comprobé que estaban los cerrojos echados. Escuché y solo oí la lluvia. Miré por las ventanas y solo vi lluvia. Frente a la casa, donde estaba la farola, vi cómo el agua discurría rápidamente por la leve pendiente de la calle hasta el desagüe del otro extremo de la manzana. Nada más se movía.

CAPÍTULO 11

Levantarme para ir al trabajo la mañana siguiente no fue tarea fácil. Me sorprendí tarareando en la ducha y me puse más sombra en los ojos de lo habitual, pero la falda vaquera, la blusa a rayas y el pelo recogido me sentaron como un uniforme reconfortante. Lillian y yo nos pasamos toda la mañana reparando libros en un cuarto sin ventanas. Conseguimos que fuese llevadero intercambiando recetas de cocina o charlando sobre la proeza académica de su criatura de siete años. Aunque mi aportación a la charla se limitó a varias exclamaciones de aprobación y admiración en los momentos apropiados, no me vino mal. Puede que un día tuviera mis propios hijos, ¿quizá unos rubios regordetes? ¿O gigantes narigudos con el pelo de fuego? Y seguramente le diría a todo el que se me pusiera delante lo maravillosos que eran.

Me gustó levantarme de la mesa de trabajo y estirarme antes de ir a casa a almorzar. Me había costado levantarme y había desayunado muy poco, así que tenía mucha hambre e intentaba visualizar el contenido de mi nevera mientras giraba la llave en la cerradura de casa. No me sobresaltó escuchar una voz a mi espalda, pero me fastidió no poder hincarle el diente a algo inmediatamente.

—¡Roe! ¡Teentsy dijo que estarías a punto de volver! Oye, tenemos un problemilla en casa —decía el anciano señor Crandall.

Me volví, resignada a posponer mi almuerzo.

—¿Y qué problemilla es ese, señor Crandall?

El hombre no era elocuente, a excepción del tema de las armas, así que acabé por comprender que, si quería enterarme del problema de Teentsy con la lavadora, tendría que acompañarlo.

No era justo que me utilizasen según las necesidades de los vecinos; aunque, al fin y al cabo, era mi obligación. Pero llevaba toda la mañana deseando ir a casa a comer sin la voz de Lillian martilleándome los oídos. Además, al ser miércoles, debía de haber un nuevo ejemplar de *The Times* en el buzón. Suspiré en silencio y crucé el jardincillo detrás del señor Crandall.

La lavadora y la secadora de los Crandall estaban en el sótano, por supuesto, como ocurría en las cuatro viviendas adosadas. Se llegaba mediante un empinado tramo de escaleras rectas, abierto al vacío por un lado, aunque con un discreto pasamanos. Bajé las escaleras con Teentsy justo detrás contándome la catástrofe de la lavadora con precisión milimétrica. Al llegar abajo, vi que se había formado un charco de agua. Me invadió una profunda desazón. Supe en ese momento que tendría que pasar la hora del almuerzo buscando un fontanero.

A pesar de que tenía todas las probabilidades en contra, di con uno a la primera llamada. Los Crandall contemplaban admirados cómo cerraba una cita para que Ace Plumbing llegara en una hora. Como Ace era una de las empresas de fontanería que mi madre empleaba para todos los trabajos de sus propiedades, quizá no fuera tan extraña su buena disposición, pero conseguir que pasaran inmediatamente, ¡eso era asombroso! Cuando colgué el teléfono y vi que Teentsy me ponía delante un filete con patatas y judías verdes, comprendí el lado bueno de ser la administradora de la comunidad.

—Oh, no es necesario —dije sin mucha convicción, pero cedí. Las calorías y el colesterol no contaban en la cocina de Teentsy, así que sus platos eran absolutamente deliciosos, sazonados con ese plus de culpabilidad.

Teentsy y Jed Crandall parecían encantados por recibir una visita. Menuda pareja, ella con su abundante pecho, voz infantil y rizos canosos, y Jed con su expresión dura como una piedra.

Mientras comía, Teentsy se puso a garrapiñar un dulce y el señor Crandall (no era capaz de llamarlo Jed) hablaba de la granja que había vendido el año anterior y lo acertado que había sido para ellos vivir en la ciudad, a tiro de piedra de todos sus médicos, allegados y nietos. Aunque no parecía muy convencido, y pude notar que se moría por tener algo que hacer.

—Vaya chico guapo con el que estabas anoche —dijo Teentsy pícaramente—. ¿Os lo pasasteis bien?

Estaba dispuesta a apostar que Teentsy sabía exactamente a qué hora me trajo Robin a casa.

—Uy, sí, muy bien —contesté con tono evasivo. Paseé la mirada por su cocina-comedor. El mío estaba forrado de libros, el de los Crandall de pistolas. Yo prácticamente no sabía nada de armas y me alegraba fervientemente de que así fuera, pero hasta yo reconocí que eran de diferentes tipos y épocas. Empecé a preguntarme por su valor y enseguida me vi preocupándome por la cobertura del seguro de mi madre sobre artículos de ese tipo. ¿De quién sería la responsabilidad en caso de robo, por ejemplo? Aunque un ladrón dispuesto a robar a Jed Crandall tendría que estar hecho de una pasta muy dura.

Y, pensando en riesgos y seguridad en general, mis pensamientos derivaron en otra dirección. Observé la puerta trasera de los Crandall. Habían añadido dos cerrojos.

Dejé el tenedor en la mesa.

—Señor Jed, ¿ha puesto cerrojos nuevos? —dije amablemente.

En efecto, había leído el contrato de alquiler con mucho cuidado. Su dura expresión entrada en años adquirió un tono avergonzado al instante.

—Vaya, Jed —le reprochó Teentsy—. Te dije que tenías que hablarlo con Roe.

—Bien, Roe —dijo su marido—, ya ves que esta colección de armas necesita más protección de la que puede dar un solo cerrojo en la puerta de atrás.

—Entiendo cómo se siente e incluso estoy de acuerdo —respondí con tacto—, pero sabe que, si decide poner más cerrojos, tiene que darme las llaves. Y si decide mudarse, sabe que los cerrojos se quedan con las llaves. Por supuesto, espero que eso nunca ocurra, pero debería darme las llaves ahora.

Mientras el señor Crandall refunfuñaba algo sobre que la casa de un hombre es su castillo y que eso iba en contra de darle las llaves a otra persona —incluida una chica tan maja como yo—, Teentsy se levantó y se puso a hurgar en uno de los armarios de la cocina. Encontró enseguida un puñado de llaves y se puso a repasarlas con preocupación.

—Siempre me digo que tengo que repasar estas llaves y tirar las viejas que ya no necesitamos, y, como estamos jubilados, no debería faltarme tiempo, pero aún no me he puesto —me explicó—. Bien, seguro que estas dos son las copias de los cerrojos nuevos… Toma, Jed, pruébalas para asegurarnos.

Mientras su marido comprobaba las llaves en los cerrojos, su mujer recorrió el manojo con dedos impotentes.

—Esta parece la llave de esa vieja camioneta. Esta no sé de qué es… Bueno, Roe, ahora que lo pienso, una de estas es del apartamento de aquí al lado, que tiene alquilado el señor Waites. Seguro que te acuerdas de Edith Warnstein, la anterior inquilina. Nos dio una copia porque decía que siempre se le olvidaban las llaves cuando salía y tú estabas en el trabajo.

—Bueno, démela cuando la encuentre, no hay prisa —dije. El señor Crandall me entregó las copias, que resultaron ser buenas, y agradecí a Teentsy el maravilloso almuerzo, sintiéndome un poco culpable por «invadir su castillo» después de que me dieran de comer. A veces es muy duro ser tan concienzuda. Me sentí mucho mejor al comprobar que, cuando me iba, llegaba el fontanero. A juzgar únicamente por su aspecto

—barba de dos días, un pañuelo de colores vivos cubriendo unos rizos de pelo negro y mono de mecánico Day-Glo—, yo no le habría confiado mi lavadora, pero llevaba su maleta de herramientas con tanta seguridad, y tuvo el gesto de apuntar concienzudamente los gastos a la cuenta de mi madre, que me fui convencida de que había hecho un buen servicio.

Casi choqué literalmente con Bankston cuando salía del jardín de los Crandall. Llevaba su bolsa de golf y parecía recién duchado. Saltaba a la vista que había estado haciendo unos hoyos en el club de campo. Pareció sorprenderse al verme.

—¿Problemas de fontanería con los Crandall? —preguntó, indicando con la cabeza la furgoneta del fontanero.

—Sí —dije distraídamente, tras echar un vistazo al reloj—. ¿Tu lavadora secadora funciona bien?

—Oh, claro. Oye, ¿cómo llevas los problemas de los últimos días?

Bankston intentaba ser amable, pero yo no tenía ni el tiempo ni las ganas de charlar.

—Bastante bien, gracias. Me alegró saber que Melanie y tú os casáis —añadí, recordando que le debía un poco de cortesía—. No tuve la oportunidad de decirte nada la otra noche, cuando nos reunimos en mi casa. Enhorabuena.

—Gracias, Roe —respondió con su típica actitud intencionada—. Tuvimos la suerte de llegar a conocernos de verdad. —Sus ojos azules lanzaban destellos, y tenía claro que eran el reflejo de los fuertes sentimientos hacia Melanie. Estaba un poco celosa, a decir verdad, y la peor parte de mí misma se preguntaba qué era lo que tenían que llegar a «conocer de verdad» mutuamente dos personas tan apáticas. Se hacía tarde.

—Enhorabuena —repetí alegremente, y el sentimiento era sincero en su mayor parte—. Tengo un poco de prisa.

Corrí a mi casa para dejar las llaves de los Crandall en mi llavero «oficial» y, a pesar de que me quedaba poco tiempo para llegar a la biblioteca, me tomé un instante para etiquetarlas.

Llegaría tarde de todos modos.

Conduje hacia el norte por Parson Road, de regreso a la biblioteca. La casa de los Buckley me pillaba de camino, a la izquierda.

Por pura coincidencia, Lizanne salía por la puerta justo cuando pasaba yo por delante con mi coche. Yo miraba a la izquierda para admirar las flores que decoraban el jardín delantero de la familia. En ese momento, se abrió la puerta y una figura salió trastabillando. Supe que era Lizanne por el color del pelo y la silueta, además de que era la casa de sus padres. Pero nada en su postura o actitud delataba a la Lizanne que yo conocía. Se desplomó en el umbral de la puerta, aferrándose como podía a la barandilla de hierro forjado negro que descendía junto a los peldaños de ladrillo rojo.

Que Dios me perdone, pero una mitad de mi ser deseaba seguir conduciendo para llegar al trabajo, ignorando el momento, pero la otra mitad, la que pensaba que una amiga podía necesitar ayuda, era la que controlaba el coche. Aparqué enfrente y crucé la calle y el césped con miedo a llegar hasta ella y descubrir por qué tenía el rostro desencajado y las medias manchadas, especialmente a la altura de las rodillas.

Ni se dio cuenta de mi presencia. Sus largos dedos, con las uñas delicadamente arregladas, se aferraban a su falda y el aire entraba y salía de sus pulmones produciendo un terrible sonido. Tenía la cara manchada de lágrimas, aunque ya no lloraba. A tenor del olor, había vomitado recientemente. Su lánguida, dulce y descuidada belleza se había evaporado.

La rodeé con el brazo y traté de olvidar el amargo olor, pero mi estómago también empezó a revolverse. El delicioso almuerzo de los Crandall amenazaba con deshacer el camino.

Cerré los ojos un instante. Cuando los abrí, ella me estaba mirando, los dedos tensos como garras.

—Los han matado, Roe —dijo con una terrible claridad—. Papá y mamá están muertos. Me arrodillé para asegurarme y tengo la ropa manchada de la sangre de papá.

Guardó silencio y perdió la mirada en su falda. A sabiendas de mi impotencia en esa espantosa situación, dejé que mis pensamientos derivasen hacia lo que de verdad se me daba bien: encontrar el patrón, el terrible e impersonal patrón en el que alguien estaba intentando encajar a las víctimas por la fuerza. En esta ocasión teníamos a Lizanne, un padre y una madrastra muertos de forma sangrienta a plena luz del día.

Me preguntaba dónde estaría el hacha.

—Iba hacia la parte de atrás para almorzar con ellos, como todos los días —dijo de repente—. Cuando llamé a la puerta, no respondían, abrí la de delante. Esta es la única llave que tengo. Ellos estaban… había sangre por todas las paredes.

—¿Por las paredes? —murmuré estúpidamente, inconsciente de lo que iba a decir hasta que salió de mi boca.

—Sí —respondió seriamente, aseverando una increíble verdad—. Las paredes. Papá está en el sofá, Roe, en el que usa para ver la televisión, y está, está… Y mamá, arriba, en el cuarto de invitados, en el suelo, junto a la cama.

La estreché con todas mis fuerzas y ella se cobijó en mí.

—No debí verlos así —susurró.

—No.

Y luego se sumergió en otro silencio.

Tenía que llamar a la Policía.

Me incorporé como una anciana (me sentía como una anciana). Me volví para mirar la puerta que Lizanne acababa de cerrar y extendí la mano, como presa de un trance, para abrirla.

Había sangre por todas partes, rociada a salpicones por la pared. Lizanne tenía razón: sangre en las paredes. Y en el techo, y en el televisor.

Podía ver a Arnie Buckley desde mi posición, que quedaba justo frente al comedor. Suponía que era Arnie: igual tamaño y yacía en su casa, bueno, en su sillón. Le habían desintegrado la cara.

Quise gritar hasta que alguien me noqueara. Nada en el mundo haría que pusiera otro pie en esa casa. Lo que más deseaba era retroceder hacia la calle, meterme en mi coche y salir corriendo sin mirar atrás. Al parecer tenía una horrible facilidad para abrir puertas y encontrarme muertos, mutilados y apaleados al otro lado. Conseguí cerrar la puerta, una puerta de un barrio de las afueras, pintada de blanco, con aldaba de metal. Mientras trataba de avanzar por el césped de los Buckley en busca de ayuda, no pude dejar de mirar mi Chevette con anhelo.

No sé si llamé yo, ni lo que le dije a la señora de la puerta de al lado. Solo sé que volví tambaleándome para sentarme en un peldaño, junto a Lizanne.

Habló una vez. Me preguntó, para mi desconcierto, por qué habían asesinado a sus padres. Le dije honestamente que los había matado la misma persona que asesinó a Mamie Wright. Deseaba que no me preguntase por qué tenían que ser sus padres. Los habían escogido porque ella se llamaba Elizabeth, porque no estaba casada y porque su madre no era su madre biológica. Ese era el patrón de la vida de Lizanne, y encajaba vagamente con los asesinatos de Fall River, Massachusetts, cometidos en 1893, en un sórdido y tenso hogar de un barrio de clase media, seguramente por la hija menor del señor Andrew Borden, llamada Lizzie.

Pero no creía que Lizanne hubiese oído hablar jamás de ese caso, y me alegraba. Mantuve mi brazo sobre su hombro para que no dejara de notar un poco de calor humano, pero el olor seguía provocándome náuseas. Seguí así porque era todo lo que podía hacer.

Jack Burns salió del coche patrulla, que apareció en el jardín privado. Le acompañaba un médico, un cirujano local, y más tarde descubrí que estaban almorzando juntos cuando recibió la llamada. El médico miró a Lizanne, luego a mí y titubeó, pero Jack Burns nos rodeó e hizo un gesto a su amigo señalando la casa. El sargento de detectives echó un vistazo al interior y luego me miró con ojos encendidos. Yo no era el objeto de su mirada, sino un mero obstáculo. Sin embargo, fue a mí a quien calcinó con su furia.

—¡No toques nada! ¡Ten cuidado dónde pisas! —le indicó al médico.

—Bueno, está claro que está muerto, pero si quieres que lo certifique, no tengo inconveniente. —Se oyó la voz del médico.

—¿Alguien más? —me espetó Burns. Supongo que vio que Lizanne era incapaz de responder.

—Me ha dicho que su madrastra está muerta en la planta de arriba —le dije en voz baja, aunque, si hubiese gritado, creo que Lizanne tampoco me habría oído.

—¡Sube a ver! —ordenó.

Es probable que el médico subiese corriendo, pero yo no los habría acompañado aunque me hubiesen apuntado en la sien con un arma.

—Aquí hay otro cadáver —vociferó el médico desde arriba.

—Entonces baja echando leches, hay que recoger muestras —dijo Burns bruscamente.

El médico salió a paso ligero por la puerta y, tras meditar un instante, simplemente enfiló calle abajo. No estaba por la labor de pedirle a Jack Burns que lo acercara al restaurante. Burns entró, pero no lo oí caminar por el suelo de madera. Debió de quedarse quieto, observando. Al menos, dejó la puerta entreabierta para que hubiese algo entre nosotras y el horror.

Los coches de Policía fueron amontonándose detrás del de Burns y la rutina estaba a punto de empezar. Lynn Liggett salió del primero. Enseguida se puso a repartir órdenes entre los agentes uniformados que salieron del siguiente coche.

—¿Qué hacía aquí? —preguntó Lynn saltándose los preliminares.

—¿Alguien ha pedido una ambulancia para Lizanne? —solté como respuesta. Empezaba a sacudirme el letargo, la extraña ensoñación en la que me había sumido.

—Sí, hay una de camino.

—Vale. Yo iba al trabajo. Ella salía de casa así. Me dijo algo y luego abrí la puerta para mirar dentro. Entonces, llamé a la Policía desde la casa de la vecina.

Lynn Liggett abrió la puerta y echó un vistazo. Yo me obligué a mantener la mirada al frente. Su piel adquirió un tono verdoso y tenía los labios tan apretados que se transformaron en dos líneas blanquecinas.

La ambulancia llegó enseguida y me alegré de verla, porque el rostro de Lizanne palidecía por momentos y sus manos estaban perdiendo la coordinación. Su respiración parecía irregular y superficial. Cuando el auxiliar subió las escaleras para ponerse junto a nosotras, había dejado caer todo su peso sobre mí. Ni siquiera se dio cuenta de la presencia del personal de la ambulancia. La cargaron en la camilla con rápida eficacia. Caminé junto a ella por la calle, cogiéndole la mano, pero ella no sabía que estaba allí. Cuando el camillero la metió en la ambulancia, parecía haber perdido el conocimiento.

Contemplé cómo se alejaba la ambulancia blanca y naranja desde el bordillo. No creía que pudiese irme. Me apoyé en el capó del coche de Lynn durante lo que me pareció una eternidad, a la deriva, procurando pensar lo menos posible. Al cabo de un momento, me di cuenta de que Lynn Liggett estaba junto a mí.

—Lizanne no es sospechosa, ¿verdad? —pregunté finalmente. Esperaba sinceramente que la detective me soltara una impertinencia en relación a que no era asunto mío, pero algo había ablandado a esa mujer desde la última vez que la vi. Había compartido conmigo algo terrible.

—No —dijo—. La vecina afirma que oyó a Lizanne llamar a la puerta de atrás y que luego la vio rodear la casa para entrar por delante, algo tan poco habitual que ya sopesó llamarnos ella misma. Habrían hecho falta más de siete minutos para hacer eso y limpiarlo todo. Y salta a la vista que sus padres llevaban muertos una hora cuando llegó.

—El señor Buckley tenía que entrar a trabajar en la biblioteca a las dos, y mañana íbamos a compartir el turno de noche —dije.

—Sí, está apuntado en el calendario colgado de la nevera.

Por alguna razón, eso me provocó un escalofrío. El trabajo de esa mujer incluía registrar los calendarios de los muertos mientras aún yacían en el suelo sobre un charco de sangre. Citas a las que nunca acudirían. En ese momento, reconsideré mi actitud hacia Lynn Liggett.

—Ya sabe a qué se parece.

—Al caso Borden.

Moví la cabeza bruscamente para mirarla, sorprendida.

—Arthur está dentro —explicó—. Me lo ha dicho él.

Arthur salió de la casa en ese momento, con el mismo tono pálido verdoso que tenía Lynn antes. Me saludó con un gesto de la cabeza y no preguntó qué hacía ahí.

—¿John Queensland, de Real Murders? —dije. Arthur asintió—. Bueno, es un experto sobre el caso Borden.

—Ya me acordaba. Me pondré en contacto con él esta tarde.

Pensé en la dulce pareja de ancianos que vi pasarlo bien en el restaurante justo la noche anterior. Pensé en tener que decirle a los Crandall que sus mejores amigos habían sido asesinados a hachazos. Entonces me di cuenta de que debía explicar a los detectives dónde había visto a los Buckley por última vez, por si era un dato importante. Después de que Lynn apuntara los nombres de los Crandall y la hora a la que los había visto, sentí ganas de acercarme a Arthur, de darle una palmada o un abrazo, de establecer un contacto cálido y humano. Pero no podía.

—Es lo peor que espero ver en la vida. Realmente, ya no parecen personas —dijo Arthur de repente, hundiendo las manos en los bolsillos. Me di cuenta de que tendrían que ayudarlo sus compañeros detectives. Me había librado de ese mal trago y, a decir verdad, lo agradecía.

Se me ocurrieron muchas cosas que decir, pero todas inútiles. Había llegado el momento de marcharme. Me metí en el coche e, inconscientemente, puse rumbo al trabajo. Fui a decirle al señor Clerrick que nuestro voluntario no llegaría esa tarde.

El resto de la jornada pasó sin pena ni gloria. Más tarde no recordaría una sola de las cosas que hice al volver a mi puesto laboral, pero sí que me sentí bien al levantarme esa mañana y no podía creerlo. Solo deseaba que transcurriese un día sin incidentes, ni buenos ni malos. Sin emociones fuertes. Simplemente un día monótono y normal, como los que había vivido hasta hacía muy poco.

Casi a la hora del cierre, vi que entraba uno de los detectives que no conocía personalmente. Se dirigió hacia el despacho de Sam Clerrick, en la planta baja, y salió en cuestión de segundos para enfilar directamente hacia Lillian, que estaba detrás del mostrador de préstamos. El detective le hizo un par de preguntas, que Lillian respondió entusiasmada. Él anotó algo en la libreta y se marchó después despedirse de ella con un gesto de cabeza.

Lillian alzó la vista hacia la segunda planta, donde yo recolocaba libros una vez más, y nuestras miradas se encontraron. Parecía más que excitada. Apartó la mirada. Al poco, cuando otra compañera estuvo a tiro de conversación, Lillian la llamó.

Juntaron las cabezas y, a continuación, la compañera corrió hacia la sección de publicaciones periódicas, donde había otra compañera más. Si la Policía seguía preguntando por mí, pensé con un repentino retortijón, el señor Clerrick podría despedirme. Por mucho que pensara que no había hecho nada, supe, de repente, que eso daría lo mismo. «Esto no me está pasando solo a mí», tuve que recordarme. Seguramente, otros socios de Real Murders estaban sufriendo los mismos inconvenientes por todo Lawrenceton, por no hablar de las personas a las que el asesino había trastocado sus vidas, aunque fuera de forma muy tangencial.

Era el típico efecto onda que se produce cuando tiras un guijarro en un estanque. Pero, en vez de guijarros, estaban arrojando cadáveres al estanque comunitario, y las consiguientes ondas de sufrimiento, temor y suspicacia alcanzarían a más y más personas, hasta que terminaran los crímenes.

CAPÍTULO 12

Aunque no lo supe hasta que salí del trabajo, la tarde fue ajetreada para los medios y la Policía.

La muerte de Mamie no despertó demasiado interés en la capital, aunque ocupó las portadas de Lawrenceton. La caja de bombones dio para un par de párrafos interiores en una publicación local y pasó completamente desapercibida en los medios de la capital. Pero el asesinato de Morrison Pettigrue fue noticia, el asesinato poco convencional y extraño de un tipo poco convencional y extraño, condimentado con la carga del asesinato político de Benjamin. Cabía la posibilidad de que Benjamin solo fuese un carnicero local que, claramente, deseaba destacar por cualquier medio en el peor momento posible, pero ostentaba el título de «director de campaña» y merecía que lo citaran. Los dos corresponsales locales de los periódicos de la capital disfrutaron de un par de días de importancia sin precedentes.

Como nos contó Sally indignada, en la última reunión en casa, a su jefe y a ella la Policía les había pedido que no publicasen las teorías en torno a Julia Wallace y les dijo que el relato de su asesinato resultaría poco atractivo a los lectores de periódico estadounidenses del siglo xx. Además, interferiría en su investigación. Sin lugar a dudas, Sally seguía la pista del asesinato de Wright: formaba parte del club y estuvo presente cuando encontré el cuerpo, así que le sentó muy mal que los investigadores no contaran con su exclusivo conocimiento de los hechos. Pero su jefe, Macon Turner, se plegó a las demandas del jefe de la Policía local y guardó el caso en el cajón «unos días». Gracias a Macon Turner yo reconstruí todo esto más tarde; Turner estuvo cortejando a mi madre unos meses antes de que John Queensland le ganara la mano, y nos hicimos amigos.

Sally se puso frenética con el asesinato de Pettigrue; en cuanto supo por sus fuentes policiales que había un periódico esparcido por el agua de la bañera y que lo habían colocado allí después de matarlo, repasó mentalmente los asesinatos de radicales y no tardó en caer en el apuñalamiento de Charlotte Corday a Jean-Paul Marat, en la Francia revolucionaria. Charlotte había conseguido entrar en la casa de Marat afirmando que llevaba una lista de los traidores de su provincia. Entonces, lo mató mientras se bañaba para aliviar una enfermedad de la piel.

En cuanto lo tuvo claro, Sally irrumpió en el despacho de Macon Turner y exigió publicar toda la historia. Sabía que sería el reportaje más importante de su carrera. Turner, que era amigo del jefe de Policía, dudó un par de fatídicos días, durante los cuales asesinaron a los Buckley. Tras llegar a una inmediata y obvia conclusión, Sally preparó su reportaje con una completa exposición de la teoría «paralela», como acabó llamándose.

Turner ya no podía resistirse al mayor y más importante reportaje que le había estallado en las manos desde que compró *The Sentinel* de Lawrenceton. Por fortuna, los dos periodistas a tiempo parcial del periódico no conocían a ninguno de los socios de Real Murders, quienes no hablaban mucho del asesinato de Mamie Wright, especialmente desde la última reunión dominical en mi casa. Por ejemplo, LeMaster Cane me dijo más tarde que, antes de la reunión, había llegado a la conclusión de que los asesinatos se parecían demasiado a casos antiguos como para considerarlos una coincidencia. Pero, como afroamericano, tenía miedo a que lo implicaran si daba un paso al frente para compartir su teoría. Ya entonces, también había descubierto que su martillo —con sus iniciales impresas en el mango— había desaparecido. Imaginó que lo habían usado para matar a Mamie.

La misma tarde que aparecieron muertos los Buckley, el laboratorio forense estatal llamó a la Policía local para decir que, a pesar de que habían enviado el informe, querían que Arthur y Lynn supieran que los bombones que recibimos mi madre y yo contenían matarratas. Si mi madre hubiese probado uno y, con suerte, al notar el sabor, lo hubiese escupido, lo habría pasado muy mal. Si por alguna razón tuviera las papilas gustativas atrofiadas y se hubiese comido tres bombones, podría haber muerto. Pero los matarratas suelen tener un olor y un sabor muy fuertes, precisamente para impedir su ingesta accidental, así que cabía concluir que el intento de envenenamiento había sido poco entusiasta y de corte aficionado.

Entonces Lynn Liggett encontró una caja de matarratas abierta en el coche de Arthur.

El agente que anotó el mensaje del laboratorio estatal se llamaba Paul Allison, hermano del hombre con el que Sally estuvo casada. Era amigo de Sally y Arthur le daba igual. Paul Allison estaba en el aparcamiento de la comisaría cuando Lynn, que entró en el coche de Arthur para recoger su libreta, que había olvidado allí, encontró una caja abierta de matarratas debajo del asiento. Lynn dio por sentado que Arthur se había hecho con una muestra por alguna razón y la levantó, Paul Allison la vio, justo antes de que Lynn se diese cuenta de que algo no encajaba e intentara esconderla de nuevo.

Cuando Paul Allison vio el matarratas, no ocultó el episodio y Arthur tuvo que dar muchas explicaciones, igual que Lynn, porque siempre iban los dos juntos a todas partes.

Paul Allison decidió darle las suyas propias a Sally. La llamó una hora más tarde y el reportaje se publicó a la mañana siguiente.

Su relato no dejó indiferente a nadie, como era de esperar. Sally Allison, periodista de mediana edad, por fin tenía la historia que llevaba toda la vida anhelando y fue a por todas, sin cortapisas.

Los periodistas no sabían nada de la «teoría paralela», pero sí que algo extraño pasaba en Lawrenceton, un pueblo con una de las menores tasas de asesinatos. Cuando mataron a los Buckley, una periodista estaba escuchando la emisora de la Policía. Mientras los coches patrulla llegaban a la casa, ella cargó con la cámara. Detuvo el coche en una gasolinera para repostar y luego condujo lentamente por Parson hasta encontrar la casa. Delante, una mujer alta, atractiva, se había derrumbado con las piernas manchadas de sangre. Junto a esa bella mujer, rodeándola con el brazo, había una bibliotecaria bajita con gafas redondas y expresión sombría. Yo intentaba ignorar las arcadas que me provocaba el olor a vómito de Lizanne.

Esa foto, en la que aparecíamos nosotras, se publicó en la sección metropolitana de la edición estatal vespertina del diario de la ciudad. Tampoco la fuente del departamento de Policía guardó silencio, el pie de foto decía: «Elizabeth Buckley, conmocionada, en la escalera de la casa de sus padres, tras descubrir sus cadáveres. La consuela Aurora Teagarden, que encontró el cadáver de la señora de Gerald Wright la noche del viernes».

Así que esa tarde, mientras trabajaba en la biblioteca aturdida, los periodistas vigilaban mi casa y la oficina de mi madre. A nadie se le ocurrió pensar que fui al trabajo después de «consolar» a Lizanne. A esa hora, el periódico aún no había salido y yo todavía no había visto la foto, pero cuando llegué a casa, después de mi turno, había un equipo de informativos de la televisión aparcado en mi plaza. Habían recibido un soplo temprano de la historia y, como Lizanne estaba incomunicada en el hospital y Arthur y Lynn ocupados en la comisaría con el matarratas, mi madre y yo éramos los pocos objetivos fáciles que quedaban.

Así fue hasta que el equipo de informativos vio a Robin, que llegaba a casa de la universidad. El reportero era un ávido aficionado al género de misterio y lo reconoció enseguida, después de que hubiera leído que Robin había llegado a sustituir al triste escritor que había sufrido un infarto. El cámara lo siguió como una exhalación y el reportero se plantó delante de él y le soltó unas preguntas apresuradas. Robin, acostumbrado a las entrevistas, lo gestionó muy bien. Fue agradable, sin llegar a revelar demasiada información. Aquella noche lo vi en el informativo.

Desgraciadamente, no estaban tan centrados como para que uno de ellos no se diera cuenta de que yo llegaba a casa. Puede que tuviese el deber de hablar con la Policía, pero no tenía por qué perder el tiempo con esa gente. Uno de ellos sostenía un ejemplar del periódico, y me lo puso delante de las narices mientras salía titubeante del coche, dispuesta a darme el baño más largo y caliente que recordase. El periodista dijo algo, no sé qué, porque me quedé horrorizada al ver la foto de la pobre Lizanne, y ya no fui capaz de escuchar nada. Me rodearon y mi mente creyó que los tres hombres del equipo eran como treinta.

Estaba sencillamente agotada y no podía más.

—No quiero decir nada —espeté, nerviosa. El cámara corrió detrás de mí. El reportero era un tipo atractivo con una bonita sonrisa, pero quería que se apartase de mi camino más que cualquier otra cosa que hubiera deseado. Sentía que estaba peligrosamente a punto del ataque de histeria.

Robin decidió salir al rescate. Se asomó entre ellos y tiró de mí para que atravesase la barricada humana. Por un instante me pregunté si no me retendrían, pero se apartaron y corrí junto a Robin. Él me rodeó con un brazo, dimos la espalda al equipo de informativos y nos dirigimos hacia la puerta del jardín.

Yo sabía que el cámara seguía al trote (el novelista de misterio y su casera bibliotecaria viviendo en casas contiguas) y sentí un respingo en las entrañas. Me volví para encarar al cámara.

—Esto es una propiedad privada. Pertenece a mi madre, a quien represento yo en este momento —dije con solemnidad—. No tenéis permiso para entrar. Esto va contra la ley —añadí, como quien pronuncia un sortilegio. Y, por los efectos, bien lo pareció: volvieron a la furgoneta ¡y se fueron! Me sentí increíblemente satisfecha conmigo misma, pero también sorprendida al encontrarme a un Robin sonriente como un padre orgulloso.

—Puedes con ellos, Aurora —dijo, admirado.

—Agradezco que me echases una mano en el aparcamiento, Robin —dije—, pero, maldita sea, ¡no seas paternalista conmigo! —Seguí un poco con el discurso de independentismo personal y conseguí entrar por la puerta trasera sin estallar en lágrimas.

Esa noche, Arthur me llamó para contarme la sórdida historia del matarratas.

—Quienquiera que sea ese malnacido, está jugando con nosotros y ha ido muy lejos —dijo Arthur, indignado.

Yo consideraba que asesinar a los Buckley ya era ir demasiado lejos.

Tras compadecerme tanto como me permitía la decencia, le comenté el problema con los medios de comunicación. Había recibido un par de llamadas durante mi maravilloso baño, que consiguieron arruinar. Solo la esperanza de escuchar la voz de alguien con quien me apeteciese charlar me animaba a seguir respondiendo al teléfono. Por primera vez en mi vida, deseé tener un contestador.

—Yo también estoy recibiendo llamadas —me aseguró Arthur, taciturno—. No estoy acostumbrado a ser el objeto directo de tanta atención mediática.

—Ni yo —dije—. Lo odio. Menos mal que dar ruedas de prensa no forma parte del oficio de bibliotecaria. ¿Crees que hemos dejado de ser sospechosos?

—Sí. No me han suspendido, ni nada por el estilo. Al menos he conseguido ganarme suficiente respeto por eso.

—Me alegro. —Y así era. Mientras Arthur siguiese en su sitio, sentía que contaba con alguien de mi parte en la Policía. Si lo hubieran suspendido, no solo lo habría lamentado por él, sino que también me habría sentido completamente impotente.

—Deja el teléfono descolgado —me recomendó Arthur—. Pero antes llama a tu madre y dile que ponga un cartel con letras bien grandes en tu aparcamiento para informar de que es propiedad privada y se demandará a los intrusos.

—Buena idea. Gracias.

Nos despedimos algo incómodos. Ambos nos preguntábamos qué sería lo siguiente, y a quién le pasaría.

Mi madre llamó a su chapuzas particular esa noche y le dijo que le pagaría el triple de lo habitual si colocaba el cartel en el aparcamiento antes de las siete de la mañana. Me imploró que abandonase la ciudad o que me fuera a vivir con ella, al menos hasta que la situación volviese a la normalidad. Conocía a los Buckley y le horrorizaba pensar lo que debieron de sufrir antes de su muerte. Los Buckley tenían su edad, eran amigos.

—John ha tenido que ir a declarar a la Policía —me explicó—. Me parece bien que ayude, pero odio que tenga que ir. Ojalá nunca te hubieses unido a ese grupo del demonio,

Aurora. Pero no sirve de nada decirlo ahora. ¿No quieres quedarte conmigo?

—¿Tú me defenderías, madre? —le pregunté con sonrisa apesadumbrada.

—Hasta el último aliento —contestó llanamente.

De repente, pensé que mi madre estaría más a salvo si me mantenía lejos de ella.

—Me las arreglaré —dije—. Gracias por ocuparte del cartel.

CAPÍTULO 13

Pasé una mala noche.

Soñé que unos hombres con cámaras entraban en mi cuarto de baño mientras me vestía y que uno de ellos era el asesino. Emergí de un profundo sueño para descubrir que la lluvia repiqueteaba levemente contra la ventana de mi dormitorio. Me volví a dormir.

Cuando al final me levanté, aturdida, miré por las ventanas del piso de arriba por detrás de las cortinas, para asegurarme de que nadie me esperaba fuera. Todos los coches del aparcamiento eran conocidos. No había ninguno en la parte delantera. En la entrada del aparcamiento se veía un amplio e inconfundible cartel. Bajé las escaleras para tomar un café, pero al final lo subí a mi habitación. Taza en mano vi cómo Robin se iba al trabajo, en la capital. Vi que Bankston recogía los periódicos a la vez que Teentsy salía con su coche. Debía de necesitar algo para el desayuno, porque regresó al cabo de unos minutos. El chaparrón de la noche anterior no había dejado demasiadas consecuencias, a diferencia del de hacía dos noches. Los pequeños charcos ya se habían secado.

Para cuando regresó Teentsy, yo había reunido el valor suficiente para salir a por los periódicos. El día empezaba bien. Había fotos de Arthur, de la boda de Mamie y Gerald, de los Buckley con Lizanne cuando celebraron el trigésimo quinto aniversario de su boda, y de Morrison Pettigrue anunciando su candidatura a la alcaldía, con Benjamin a su espalda como un padre orgulloso.

Al menos nadie parecía creer que Melanie y Arthur eran culpables de nada, aparte de ser el objeto de terribles chistes. Me preguntaba dónde aparecería el hacha que acabó con los Buckley, o el cuchillo que mató a Morrison Pettigrue. ¿Cómo podía el asesino imitar los crímenes con tanta rapidez? Sin duda, cargaba con muchísima energía física y emocional contenida. Tenía que parar, eso seguro.

Conseguí maquillarme un poco para no parecer una muerta y me recogí el pelo en una coleta. Me puse un jersey de cuello vuelto rojo, una falda azul marino y una rebeca. Tenía un aspecto horrible.

Mi único objetivo era llegar a la biblioteca sin que nadie reparase en mí y comprobar si conseguía trabajar como cualquier otro día. Para mi profundo alivio, no había coches extraños aparcados frente a la biblioteca. Parecía que el interés en mi persona se había difuminado. El día se presentaba algo asequible.

En el trabajo me dijeron que Benjamin Greer había convocado una rueda de prensa esa misma mañana para anunciar que otro candidato concurriría a las elecciones a la alcaldía por el Partido Comunista. El candidato resultó ser el propio Benjamin, que, al parecer, era el único vecino comunista de Lawrenceton. Me sorprendería mucho que Benjamin tuviese una filosofía política coherente. Atraería toda la atención posible mientras los medios estuvieran centrados en nuestra pequeña ciudad. Me preguntaba qué pasaría con Benjamin tras las elecciones. ¿Sería capaz de volver a la rutina de la carnicería?

Lillian Schmidt me contó lo de Benjamin y se cubrió de gloria esa mañana. Trabajó conmigo codo con codo como si no hubiese ocurrido nada, a excepción del relato de la rueda de prensa. Tuve ganas de preguntarle por qué se comportaba tan decentemente, pero no se me ocurría ninguna manera de verbalizar esa pregunta sin resultar ofensiva. «¿Por qué eres tan agradable conmigo cuando ambas sabemos que no nos tragamos? ¿Por qué una persona tan insensible como tú demuestra, de repente, tanto tacto?».

Me estaba poniendo el jersey para salir a almorzar cuando Lillian dijo:

—Sé que no tienes nada que ver con este lío y creo que es injusto lo que te ha pasado. Ese policía vino a preguntarme si de verdad habías estado trabajando conmigo toda la mañana… Anoche decidí que era ridículo. Ya es suficiente.

Por una vez estábamos de acuerdo en algo.

—Gracias, Lillian —respondí.

Me sentí un poco mejor cuando volvía a casa en coche. Seguí una ruta alternativa para no tener que pasar, otra vez, por delante de la casa de los Buckley. Después de almorzar, puse las noticias y vi cómo Benjamin disfrutaba de su minuto de fama.

Tenía la tarde del jueves libre, porque trabajaba esa misma noche. «He hecho bien en hacer un esfuerzo para ir a la biblioteca esta mañana», pensé a solas en casa. Aunque me gustaba mi oficio, disfrutaba mucho más del tiempo libre. Pero ese día era una excepción. Me cambié, me puse unos vaqueros y unas deportivas, pero fui incapaz de centrarme en ninguna actividad. Adelanté algo de la colada y leí un poco. Intenté hacerme algún peinado, pero fracasé a medio camino de la meta. Se me había enredado el pelo, así que tuve que cepillarlo con tanta energía que casi chisporroteaba en una nube de ondas eléctricas. Era como si acabase de entrar en contacto con los marcianos.

Llamé al hospital para consultar si podía visitar a Lizanne, pero la enfermera dijo que solo estaban autorizados los familiares. Entonces se me ocurrió encargar unas flores para el funeral y llamé a Sally Allison al periódico, para que me dijera dónde se celebraría. Era la primera vez que la recepcionista de *The Sentinel* me preguntaba el nombre antes de pasarle la llamada a Sally. Estaba en su momento de más notoriedad, eso estaba claro.

—¿En qué puedo ayudarte, Roe? —preguntó con vehemencia. Tuve la sensación de que todavía se dignaba a hablarme porque yo aún conservaba parte de mi notoriedad mediática. El día anterior me había calentado, pero ya me iba enfriando.

La falta de emoción en la voz de Sally me sentó como un chute de adrenalina.

—Solo quería saber dónde va a celebrarse el funeral de los Buckley, Sally.

—Bueno, tienen que hacerles la autopsia y no sé cuándo entregarán los cuerpos. Así que, según la tía de Lizanne, todavía no han podido concretar la fecha para el funeral.

—Oh, vaya…

—Oye, ya que estamos hablando…, uno de los polis dijo que ayer estuviste en la escena del crimen. —Sabía que Sally había visto mi foto con Lizanne en el periódico. Se estaba volviendo demasiado engreída—. ¿Quieres contarme lo que pasó mientras estuviste allí? —preguntó, aduladora—. ¿Es verdad que descuartizaron a Arnie?

—Me pregunto si eres la persona adecuada para encargarse de esta historia, Sally —solté con rabia, después de pensarlo un rato.

Sally jadeó, como si su corderito mascota se hubiese girado y le hubiera mordido.

—A fin de cuentas, formas parte del club y supongo que todos estamos implicados, de un modo u otro, ¿no? —Y Sally tenía un hijo, también, socio del club, que no podía considerarse del todo normal.

—Estoy convencida de que puedo mantener la objetividad —declaró fríamente—. Y no creo que formar parte de Real Murders te convierta automáticamente en… sospechosa.

Al menos había dejado de hacerme preguntas.

Alguien llamó al timbre de la puerta.

—Tengo que dejarte, Sally —dije amablemente, y colgué.

Sentí un poco de vergüenza mientras me dirigía hacia la puerta. Sally hacía su trabajo, pero lo cierto es que me costaba encajar su repentino cambio de amiga a periodista y el mío de amiga a fuente de información. Al parecer, el que otros «hicieran su trabajo» implicaba que mi vida tenía que dar un vuelco.

Pero no olvidé mirar por la mirilla. Era Arthur. Tenía un aspecto tan mortecino como el mío un poco antes. Sus arrugas parecían más profundas. Se había echado diez años encima.

—¿Has comido algo? —pregunté.

—No —admitió, después de pensarlo—. Nada desde las cinco de esta mañana. Es a la hora que me levanté para ir a la comisaría. —Deslicé una silla de debajo de la mesa de la cocina y él se sentó lentamente.

Es complicado hacer de buena ama de casa cuando la visita llega sin previo aviso, pero metí en el microondas un sándwich congelado de jamón y queso, eché unas patatas de bolsa y conseguí componer una ensalada un poco deprimente. Aun así, Arthur pareció alegrarse al ver el plato y se lo comió todo después de una silenciosa plegaria.

—Come tranquilo —dije y entretanto me dediqué a hacer café y despejar la encimera. Resultaba una escena doméstica extraña. Me sentí más yo misma, menos atormentada, de lo que había estado desde que me paré a ayudar a Lizanne. Quizá el turno de noche en el trabajo sería normal. Y volvería a casa para dormir, horas y horas, con un camisón limpio.

Después de comer, Arthur tenía mejor aspecto. Cuando fui a quitar el plato de la mesa, me agarró la muñeca y tiró de mí para sentarme en su regazo y besarme. Fue largo, exhaustivo e intenso. La verdad es que lo disfruté mucho. Pero quizá estaba yendo demasiado rápido para mi gusto. Cuando nos separamos de mutuo y silencioso acuerdo, me levanté y traté hacer una pausa respirando hondo.

—Solo quería hacer algo agradable —dijo él.

—Me parece muy bien —respondí, un poco insegura, y le serví una taza de café, señalándole el sofá. Me senté junto a él, a una distancia prudente, aunque no excesiva.

—¿Algo va mal? —lo tanteé.

—Bueno, cargo con el matarratas a la espalda. Por supuesto, los de las huellas han repasado todo mi coche y ahora tengo que limpiar los polvos. Estoy seguro de que no encontrarán nada. El coche de Melanie Clark estaba limpio como una patena. He completado el registro de la casa de los Buckley y preguntado en el vecindario por si alguien vio algo. Lo único que encontré en la casa es un cabello largo, que seguramente será de Lizanne. Tenemos que tomarle una muestra para compararlo. Y que esto no salga de aquí. El arma aún no ha aparecido, pero resulta evidente que fue un hacha o algo parecido.

—¿No eres sospechoso?

—Bueno, si alguna vez lo fui, ya no. Yo iba de puerta en puerta, con otro detective, haciendo preguntas sobre el caso Wright, mientras asesinaban a los Buckley. Pensándolo bien, justo antes de la última reunión, cuando mataron a Mamie Wright, yo estaba fichando a un conductor ebrio en la comisaría. Fui a la reunión directamente desde allí. Y Lynn juró que el matarratas no estaba en el coche la mañana que pasamos visitando casas.

—Bien —dije—. Alguien tiene que salir del círculo de sospechosos.

—Y gracias a Dios soy yo, porque el departamento necesita a todos los hombres disponibles para resolver este caso. Debo irme. —Se levantó, parecía cansado de nuevo.

—Arthur..., ¿y yo? ¿Alguien cree que soy culpable?

—No, cielo. Al menos no desde lo de Pettigrue. En su casa tenía una de esas bañeras con patas muy largas que la elevan del suelo, y él era un hombre alto, de uno noventa. Tú no podrías haberlo metido en la bañera sola, ni hablar. Y en

Lawrenceton, mucha gente sabría si te veías con alguien que pudiera ayudarte con el cuerpo. No, creo que gracias a Pettigrue, todos dejaron de pensar en ti.

Me exasperaba que mi nombre hubiese estado en boca de gente que ni siquiera conocía, gente que me creía de verdad capaz de matar a alguien de una forma tan brutal. Aun así, me alivió mucho hablar con Arthur.

Nos despedimos con un leve apretón de manos y me senté para perderme un poco en mis pensamientos. Había llegado el momento de sentir menos y pensar más. Había coleccionado más sentimientos en la última semana que en todo el año.

El cabello que encontró la Policía sería probablemente marrón, porque, si como cabía esperar era de Lizanne, ella tenía el pelo castaño. ¿Quién más podría haber dejado un cabello?

Bueno, yo era una de las socias de Real Murders con un tono de pelo similar. Afortunadamente para mí, había pasado toda la mañana arreglando libros con Lillian Schmidt. Melanie Clark tenía una melena corta, lisa y marrón, y Sally, aún más corta y ligera, pero también podía ser candidata. ¿No sería curioso que Sally hubiese cometido todos esos asesinatos para poder hacerse eco de ellos como periodista? Una idea descabellada. Me obligué a no perder el hilo de mis pensamientos. El pelo de Jane Engle era gris… Entonces, pensé en Gifford Doakes, que llevaba el pelo largo, suelto, aunque a veces se lo recogía en una coleta, para disgusto de John Queensland. Gifford daba miedo y le interesaban mucho las masacres…, y su amigo, Reynaldo, haría seguramente todo lo que Gifford le pidiera.

Pero alguien debería haber visto entrar en casa de los Buckley a alguien tan extravagante como Gifford.

Bueno, descartando la posible pista del cabello por el momento, ¿cómo se las había arreglado el asesino para entrar y salir? Una vecina había visto entrar a Lizanne, muy poco antes de que yo llegara, por lo que no tuvo tiempo de hacer a los Buckley nada de lo que les hicieron. Así que, podía haber alguien que viera la fachada de la casa familiar, al menos durante una parte de la mañana. Sopesé otras hipótesis e intenté imaginar una vista aérea de la parcela, pero la geografía no se me da nada bien, y mucho menos la aérea.

Seguí sentada un rato, dándole más vueltas al asunto, y me sorprendí varias veces yendo con paso automático hasta la puerta del jardín para comprobar si Robin había vuelto de la universidad. El cielo amenazaba lluvia y la temperatura refrescaba por momentos. Las nubes habían formado una barrera gris uniforme.

Me puse la chaqueta y salí justo en el momento en el que llegaba su coche. Robin bajó con un montón de papeles. «¿Por qué no utiliza un maletín?», me pregunté.

—Oye, cámbiate de calzado y ven conmigo —ordené.

Apuntó hacia los míos con su ganchuda nariz.

—Vale —aceptó amablemente—. Permite que deje estos papeles dentro. Alguien me ha robado el maletín —me explicó por encima del hombro.

Lo seguí, dándole unas palmadas.

—¿Aquí? —pregunté, atónita.

—Bueno, desde que me mudé a Lawrenceton, y estoy bastante seguro de que fue aquí, en el aparcamiento —dijo mientras abría la puerta trasera de su casa.

Lo seguí adentro. Había cajas por todas partes, lo único en orden era la mesa del ordenador, con el equipo encima, unas unidades de disco y una impresora al lado. Robin dejó de golpe los papeles y se perdió por las escaleras, para volver segundos más tarde con unas zapatillas deportivas.

—¿Qué se te ha ocurrido? —preguntó mientras se las ataba.

—He estado pensando. ¿Cómo pudo entrar el asesino en casa de los Buckley? Las cerraduras no estaban forzadas, ¿verdad? Al menos los periódicos de esta mañana no mencionaban nada. Así que puede que los Buckley dejaran la puerta abierta y el asesino los sorprendiera dentro, o quizá llamó al timbre y lo invitaron a entrar, a él o ella. Pero, en fin, ¿cómo llegó a la casa el asesino? Se me ha ocurrido ir a echar un vistazo. Apuesto a que entró por detrás.

—Entonces, ¿vamos a ver si nosotros lo conseguimos?

—Eso había pensado. —Pero mientras abandonábamos la casa de Robin, empecé a dudar—. Bueno, quizá no deberíamos. ¿Y si alguien nos ve y llama a la Policía?

—Pues les explicamos sencillamente lo que hacemos —dijo Robin razonablemente, consiguiendo que sonara muy fácil. «Claro, su madre no es la promotora inmobiliaria más famosa de la ciudad y, por si fuera poco, una líder social», reflexioné.

Pero tenía que hacerlo. Había sido idea mía.

Así que salimos del aparcamiento, Robin por delante y yo siguiéndolo, hasta que miró hacia atrás y redujo el paso. El aparcamiento daba a una calle que pasaba por delante del apartamento de Robin. Giró a la derecha y yo lo seguí, y en la esquina doblamos hacia el norte, para recorrer las dos manzanas por Parson hasta la casa de los Buckley. Quizá, cuando pasé por ahí en el coche, de camino a casa para almorzar, el día anterior, los estuvieran asesinando. Me puse a la altura de Robin en la esquina, temblando dentro de la chaqueta ligera. La casa estaba en la siguiente manzana.

Robin miró la calle, pensativo. Yo observé una bocacalle cercana. Ninguna casa daba a la carretera.

—Por supuesto, el callejón de la basura —dije, disgustada conmigo misma.

—¿Qué?

—Esta es una de las zonas viejas, y hace años que este bloque no se reforma —expliqué—. Hay un callejón paralelo a Parson, entre las casas que dan a Parson Road y a Chestnut. Y también en el bloque en que estamos parados. Pero cuando llegas al sur, esa manzana está reformada, con los apartamentos a un lado de la calle y el punto de recogida de basura en la misma calle.

Bajo el cielo gris cruzamos la calle y llegamos a la entrada del callejón. El día anterior me sentí tan expuesta y perseguida, que resultaba espectral lo invisible que me sentía en ese momento. Ninguna ventana daba a ese callejón y no había tráfico. Al avanzar por la grava, resultaba fácil comprender cómo entró el asesino en la casa sin que lo vieran.

—Y casi todos los jardines traseros están vallados, lo que bloquea la vista del callejón —constató Robin— y el jardín trasero de los Buckley.

El jardín de los Buckley era uno de los pocos sin vallar. Los muros de las casas contiguas medían metro y medio. Nos detuvimos justo detrás del jardín, junto a los cubos de basura, con una vista clara de la puerta trasera. Había camelias y rosas por todas partes. Eran las favoritas de la señora Buckley, ella misma las había plantado. En su cubo de basura —qué pensamiento más escalofriante— probablemente estaba el algodón con el que se quitaba la pintura de labios, restos del café que bebieron esa mañana, desechos de vidas que ya no existían.

Sí, su basura probablemente seguía allí… La basura de todo Parson se recogía el lunes. Los mataron el miércoles. Me estremecí.

—Vámonos —dije. Me había puesto de mal humor y perdido las ganas de jugar a los detectives.

Robin se volvió lentamente.

—¿Qué harías si no quieres que te vean? ¿Dónde aparcarías el coche? —preguntó—. ¿Y entrarías por el callejón?

—No. Es una calle estrecha, y alguien podría recordar haber tenido que maniobrar para sortear un coche aparcado.

—¿Y por el extremo norte del callejón?

—No, hay una gasolinera justo enfrente, muy concurrida.

—Entonces —dijo Robin, avanzando con paso resuelto—, tendrías que entrar por donde vinimos. Y, si tuvieses un hacha, ¿dónde la tirarías?

—Ay, Robin —exclamé, nerviosa—. Vámonos ya, por favor.

Salimos del callejón tan inadvertidos como habíamos entrado, al menos que yo supiera, y me felicité por ello.

—Yo la habría dejado en uno de esos cubos de basura hasta que los vaciaran —siguió Robin.

Por eso Robin era tan buen escritor de misterio.

—Estoy segura de que la Policía los habrá registrado —afirmé convencida—. No pienso quedarme aquí a hurgar en todos los cubos de basura. Alguien llamaría a la Policía. —¿Lo harían? Hasta el momento, nadie se había fijado en nosotros.

Llegamos al extremo del callejón por el que habíamos entrado.

—Si no aparcas aquí, puedes cruzar la calle y entrar por el siguiente callejón —especuló, pensativo—. Incluso podrías dejar el coche más lejos, reduciendo las probabilidades de que te vean y te vinculen con el caso.

Así que recorrimos la callejuela hasta el siguiente callejón. Este lo habían ensanchado cuando construyeron unos apartamentos nuevos. Tenía las plazas para los coches en la parte de atrás y había una zanja de drenaje a lo largo del callejón para evitar inundaciones y unas bocas de alcantarillado. Así que pensé que, si tuviese que esconder un hacha, lo tiraría en una de esas bocas. Me pregunté si la Policía había registrado esa manzana.

Era un callejón demasiado silencioso y solitario, y empecé a tener la desconcertante sensación de que Robin y yo éramos las dos únicas personas que quedaban en Lawrenceton. El sol asomó brevemente entre las nubes y Robin me cogió de la mano, así que me esforcé para sentirme mejor. Pero cuando se agachó para atarse los cordones de una zapatilla, empecé a mirar las bocas de las alcantarillas.

Nadie había tocado la que teníamos justo al lado. Las hojas de roble melojo que bloqueaban parcialmente el conducto estaban casi alineadas, apuntando en la misma dirección, por la torrencial lluvia de la noche anterior. Pero la siguiente..., alguien había manipulado esa boca, no cabía duda. Alguien había quitado las hojas con tanta fuerza que también se llevó el barro de debajo. Quizá la Policía había registrado la zona, pero seguro que ninguno de los agentes era tan bajo como yo, así que no pudo ver el leve destello en el interior, un destello que un efímero e inesperado rayo de sol arrancó. Y también seguro que no tenía los brazos tan largos como Robin, de modo que no habrían podido estirarlos para sacar...

—¿Mi maletín? —dijo Robin profundamente asombrado—. ¿Qué hace aquí? —Presionó con los dedos los cierres dorados.

—¡No lo abras! —grité justo cuando Robin lo hacía, y del maletín cayó un hacha ensangrentada, que aterrizó con un golpe seco sobre las hojas amontonadas junto a la boca de alcantarilla.

CAPÍTULO 14

Mientras Robin montaba guardia sobre esa cosa horrible que yacía en el callejón, yo llamé a la puerta de uno de los apartamentos. Se oía un bebé llorando en el interior, así que sabía que había alguien despierto.

La exhausta mujer que abrió aún iba en camisón. Fue lo bastante confiada como para abrir a una extraña y aceptar su urgente necesidad de usar el teléfono, sin dar rienda suelta a la propia curiosidad. El bebé chillaba mientras buscaba el número de la comisaría, y no dio muestras de amainar cuando marcaba y hablaba con el agente de guardia, que tuvo algunos problemas para comprenderme. Cuando colgué y le di las gracias a la mujer, el bebé seguía llorando, aunque bastante menos.

—Pobre criatura —solté, por decir algo.

—Es un cólico —me explicó—. El médico ha dicho que lo peor debería de pasar pronto.

Aparte de cuidar, como quien dice, de mi hermanastro Phillip cuando era pequeño, yo no sabía nada de bebés. Así que me alegró enterarme de que ese tenía una razón específica para quejarse. Después de darle las gracias de nuevo y cerrar la puerta, oí doblarse la intensidad del llanto.

Avancé de nuevo hacia el callejón donde Robin me esperaba sentado como una estatua sombría, con la espalda apoyada en una valla del lado opuesto de los apartamentos.

—Yo y mis geniales ideas —dije con amargura, dejándome caer a su lado.

Obvió el comentario haciendo gala de sus buenos modales.

—Tápala —dije—. No soporto verla.

—¿Cómo, sin dejarla llena de huellas? Más huellas, quiero decir.

Resolvimos el problema mientras una neblina empezaba a pegarme el pelo en las mejillas. Encontré un palo y Robin lo deslizó bajo el borde del maletín. Lo levantó un poco y lo arrastró sobre el hacha manchada de sangre. Volvimos a nuestra posición contra la valla. Ya se oían sirenas aproximándose. Me sentía extrañamente tranquila.

—Me pregunto si alguna vez recuperaré el maletín —dijo Robin—. Alguien se metió en nuestro aparcamiento, abrió mi coche y me lo robó para esconder en él un arma homicida. Lo he estado pensando, Roe. Cuando se resuelva este caso, si es que llega a resolverse, creo que probaré suerte con la novela basada en hechos reales. Estoy aquí y conozco a algunos de los implicados. Incluso conocí a los Buckley la noche anterior a que los asesinaran. Estaba presente cuando tú y tu madre abristeis la caja de bombones. Y aquí estoy, descubriendo un arma homicida en mi maletín. Te diré una cosa: esto ya no me gusta tanto. Pensándolo bien, creo que ni siquiera quiero el maletín de recuerdo. —Pero, después de un instante en silencio, murmuró—: Ya verás cuando se lo cuente a mi agente.

Los cristales de sus gafas empezaron a impregnarse de pequeñas gotas de humedad.

Me quité las mías y las limpié con un pañuelo de papel.

—Admiro tu entereza, Robin —dije.

—¿Entereza?

—¿Crees que querrán hacerte algunas preguntas? —pregunté.

Apenas dispuso de unos segundos para asimilarlo y empezar a preocuparse antes de que apareciese por el callejón un coche de policía camuflado, seguido de un coche patrulla. Por alguna razón, nos levantamos.

Y, que Dios me bendiga, ¿quién sino mi amiga Lynn Liggett podría haber salido del coche camuflado? Y estaba completamente furiosa.

—¡Es que tiene que estar en todas partes! —dijo—. ¡Sé que no ha cometido estos asesinatos, pero cada vez que me vuelvo me encuentro con usted! —Agitó la cabeza, como si pretendiese deshacerse de mi presencia. Entonces, las palabras empezaron a fallarle. Su mirada cayó sobre el maletín abierto, tirado del revés, por el que asomaba parte del mango de un hacha.

—¿Quién la ha tapado? —exigió saber. Cuando se lo dijimos y descubrió el hacha ensangrentada, con el mismo palo que usé yo, toda su atención se centró en el arma homicida.

En ese momento apareció un tercer coche detrás del patrulla. Mi corazón dio un vuelco cuando vi que salía Jack Burns y avanzaba hacia nosotros. Su lenguaje corporal decía que iba a dar un paseo, sin más, por un agradable vecindario, pero sus ojos brillaban amenazantes de rabia.

Se detuvo para hablar un momento con los agentes de uniforme, al parecer los mismos que registraron el callejón el día anterior, y los despachó con unas palabras que hasta entonces solo había visto escritas. Robin y yo observamos con interés cómo registraban el callejón, otra vez, para buscar cualquier cosa que hubiera podido dejar el asesino. Estaba dispuesta a apostar que, si hubiera dejado algún rastro, esta vez lo descubrirían.

La gente empezó a asomarse por las ventanas de sus apartamentos, y el callejón, que momentos antes parecía tan silencioso y desierto, empezó a llenarse de curiosos. Vi que una cortina se descorría en el apartamento de la joven madre. Ojalá el bebé se hubiese calmado ya. Pensé que esa mujer era la que más probabilidades tenía de haber presenciado algo el día anterior, pues, casi con todo seguridad, pasaba el día despierta. Intenté sugerirle la idea a la detective Liggett, pero me lo pensé dos veces antes de que me arrancase la cabeza de un mordisco.

Tras meter el maletín y el hacha en una bolsa, la policía se volvió hacia nosotros.

—¿Ha tocado el maletín, señorita Teagarden? —me preguntó sin rodeos.

Asentí.

—Y usted también —le dijo a Robin, que asintió tímidamente—. Usted es otro que siempre aparece en todas partes.

Robin empezó a preocuparse.

—Tendrá que ir a comisaría para que le tomen las huellas —dijo Lynn bruscamente.

—Ya me las tomaron la otra noche —le recordó el escritor—. Se las tomaron a todos los socios de Real Murders.

Ese detalle no le hizo ganar puntos a ojos de la detective.

—¿De quién fue la idea de dar un paseo por este callejón? —contraatacó Lynn.

Robin y yo nos miramos.

—Bueno —empecé—. Me preguntaba cómo habría entrado el asesino en casa de los Buckley sin que lo vieran…

—Pero fui yo quien insistió en venir y pasar por detrás de la casa de los Buckley —interrumpió Robin noblemente.

—Escúchenme los dos —dijo la detective con calma forzada—: no parece que entiendan cómo funciona el mundo real.

Esa acusación no nos importó a Robin y a mí. Sentí que se ponía rígido, me levanté y entrecerré los ojos.

—Nosotros somos policías y nos pagan una miseria para investigar asesinatos, pero es nuestro trabajo. No nos sentamos a leer sobre ellos, sino que los resolvemos. Encontramos pistas, investigamos indicios y llamamos a las puertas. —Hizo una pausa para respirar hondo. De momento, había encontrado varios fallos en su discurso, pero no estaba por la labor de señalarle que Arthur leía mucho sobre asesinatos, que hasta ahora la

Policía no había resuelto mucho y que el hacha seguiría en una boca de alcantarilla si Robin y yo no la hubiéramos encontrado.

Mi instinto de supervivencia estaba lo bastante alerta como para impedir que lo dijera. Cuando Robin carraspeó para empezar a hablar, lo interrumpí.

Lamenté haberlo hecho un instante después, cuando Lynn lo sometió a un verdadero tercer grado. Yo no habría aguantado tan bien el interrogatorio, y tuve que admirar su compostura. También debía admitir que todo aquello resultaba muy peculiar: nada más llegar Robin a la ciudad, empezaron los asesinatos. Pero yo sabía que el asesinato de Mamie Wright se había planeado antes de que Robin se mudase a Lawrenceton, incluso los bombones los enviaron antes. La detective señaló, no obstante, que Robin estaba presente cuando se descubrió el cuerpo de Mamie Wright, porque lo habían invitado a la reunión de Real Murders la primera noche que pasó en la ciudad. Y estaba en mi casa cuando recibí la caja de bombones.

Sin lugar a dudas, Lynn no era la única detective a la que le parecía sospechosa la presencia de Robin en tantos escenarios criminales. Y puede que yo no estuviera tan libre de sospechas como Arthur me había asegurado, porque, cuando Jack Burns asumió el interrogatorio, no dejó de lanzarnos significativas miradas. Parecía pensar que estaba delante de un hombre bastante corpulento para ayudar a una mujer menuda como yo a manejar el cadáver de Pettigrue en el cuarto de baño.

—He de estar en el trabajo dentro de hora y media —dije en voz baja, a punto de perder la paciencia.

Se interrumpió a media frase.

—Claro —contestó, de repente exhausto—. Allí estará.
—Al parecer, la indignación con sus propios hombres por no encontrar el hacha le había dado fuerza y se le había agotado. En ese momento me caía mucho mejor.

Cuando Burns la relevó del papel de azote de sospechosos, Lynn inició una ronda de interrogatorios puerta a puerta. Al final, llegó al apartamento de la mujer que me había dejado usar el teléfono. La joven, ya con una camiseta y unos vaqueros (seguramente había visto que la Policía llamaba a todas las puertas), abrió enseguida. Lynn siguió la rutina de su lista de preguntas, pero me di cuenta de que, allá por la tercera, se quedó tiesa como un sabueso. La joven debía de haber dicho algo que captó todo su interés.

—Jack —gritó la detective—, ven aquí.

—Váyanse a casa —nos ordenó Jack sin más ceremonia—. Sabemos dónde encontrarlos si los necesitamos. —Y corrió hacia Lynn.

Robin y yo resoplamos de alivio a la vez y casi salimos del callejón a hurtadillas, procurando con todas nuestras fuerzas atraer la menor atención policial posible. Al salir a la calle, Robin voló hacia casa agarrándome de la mano.

Solo nos detuvimos a respirar cuando llegamos a nuestro aparcamiento. Robin me abrazó y me dio un fugaz beso en la frente, al parecer la ubicación más conveniente en su opinión.

—Ha sido una experiencia muy interesante —comentó, y me eché a reír hasta que me dolieron las entrañas. Robin arqueó las cejas rojizas y las gafas se le deslizaron nariz abajo antes de dejarse contagiar por mis carcajadas. Miré el reloj mientras pensaba cuándo fue la última vez que reí con tanta intensidad. Al ver la hora, dije a Robin que tenía que ir a cambiarme. Al menos durante unas horas, había olvidado el temor que me inspiraba trabajar sola en la biblioteca aquella noche.

Nadie se dio cuenta hasta el último momento de que no se había buscado un sustituto para el señor Buckley. Ninguno de los bibliotecarios titulares aceptaría quedarse sin una noche libre, y los demás voluntarios estaban asignados a otras noches.

Le conté todo eso a Robin apresuradamente y él dijo:

—Estoy seguro de que la Policía ha intensificado sus patrullas, pero a lo mejor me paso por allí esta noche. Llámame si me necesitas. Iré enseguida. —Él se fue hacia su puerta y yo hacia la mía.

Mientras me ponía la misma ropa de la mañana, intenté no pensar en el hacha. Había sido horrible. Mientras conducía hacia el trabajo, albergué la esperanza de que la biblioteca estuviera llena de usuarios que me impidiesen encerrarme en mis pensamientos.

Relevaría en el mostrador de préstamos a Jane Engle, que había sustituido a una compañera cuyo hijo se había puesto enfermo. Jane parecía la misma de siempre, con su impecable pelo canoso, sus impolutas gafas de alambre y su discreto traje gris. Pero sabía que por dentro ya no era la testigo curiosa y sofisticada de los asesinatos de Lawrenceton, sino una mujer aterrada. Y se alegraba de poder salir finalmente de la biblioteca.

—Los demás se han ido a las cinco. Ni un usuario desde entonces —me dijo con voz temblorosa—. Y sinceramente, Aurora, ha sido ideal. Ya no me gusta estar a solas con otra persona, por muy bien que piense de ella.

Le di unas torpes palmadas en el brazo. Aunque a veces almorzábamos juntas, sobre todo después de alguna reunión del club para hablar del programa, teníamos una cierta amistad, pero no éramos íntimas.

—Es la primera vez que otras personas se interesan por nuestro club —siguió Jane—, y he tenido que responder a un montón de preguntas que nadie se había molestado en formular hasta hora. Muchos piensan que soy un poco rara por participar en Real Murders. —Sin duda, Jane era una de esas mujeres que odiaban que se las considerase «bichos raros».

—Bueno —dije algo insegura—, solo por tener una afición un poco diferente. —Pensándolo bien, sí que éramos un poco raros todos, los Real Murderers,* como nos habíamos referido a nosotros mismos en broma en alguna ocasión.

Ja, ja.

—Uno de nosotros es un asesino, ya lo sabes —continuó Jane con un tono misterioso. Sentí que mis pensamientos se

---

* 'Asesinos reales' en español. Juego de palabras con Real Murders, 'Asesinatos reales'. *(N. del T.)*

hacían visibles en un bocadillo encima de mi cabeza—. Ha ido más allá del interés académico por la muerte, la sangre y la psicología. Pude sentirlo la última noche que nos reunimos en tu apartamento.

—¿Quién crees que es, Jane? —pregunté impulsivamente, mientras se ataba el pañuelo y sacaba las llaves del bolso.

—Estoy segura de que es alguien del club, por supuesto, o puede que en íntima relación con uno de los socios. No sé si siempre ha sido un perturbado, o si acaba de decidir gastar una serie de bromas intolerables a sus compañeros. O quizá haya más de un asesino y estén trabajando juntos.

—No tiene por qué ser un miembro de Real Murders, Jane. Bastaría con que a alguien no le guste el club y quisiera causarnos problemas. —Jane ya estaba delante de la puerta principal, y yo deseaba que se quedase tanto como ella marcharse.

Se encogió de hombros, dándose por vencida.

—A mí me pone los pelos de punta imaginar en qué caso encajaría yo —dijo en un susurro—. No paro de repasar libros, de comprobar casos, buscando alguna mujer mayor, que viva sola, a la que me pueda parecer.

Me quedé mirándola boquiabierta. Me sobrecogía darme cuenta de todo lo que se le había ocurrido por culpa de una mente tan activa y precisa.

En ese momento, una madre que arrastraba a dos criaturas reacias a seguirla atravesó la puerta y Jane aprovechó para irse a casa a seguir hojeando libros en busca de un patrón en el que encajar.

Gracias a Dios que había gente en la biblioteca cuando Gifford Doakes, el entusiasta de las masacres, llegó, o habría salido corriendo. Gifford me disparaba las alarmas mentales que me inducían a escoger cuidadosamente mis palabras. Aunque no lo conocía muy bien, siempre había mantenido la distancia y limitaba mi relación con él a la cortesía más básica.

Convenía ser cordial con Gifford. Me asustaba un poco no serlo.

No tenía la menor idea de cómo se ganaba la vida, pero vestía como un capo de la droga de *Corrupción en Miami*, con esa ropa llamativa y la melena marrón cuidadosamente peinada. No me habría sorprendido encontrarle una pistolera debajo de la chaqueta.

A lo mejor era un capo de la droga.

Y aquí venía, deslizándose hasta el mostrador de préstamos. Miré alrededor. La dinámica pareja compuesta por Melanie Clark y Bankston Waites había llegado minutos antes, muy abrazada y sonriente. Bankston estaba en el piso de arriba, en la sección de biografías, mientras Melanie hojeaba un ejemplar de *La buena ama de casa* en la zona de revistas de la planta baja. Seguramente buscaba una nueva receta de pastel de carne. Bendita sea; estaba al alcance de una llamada.

Gifford se plantó al otro lado del mostrador, justo delante de mí, y yo agarré lo primero que encontré, que resultó ser la grapadora. «Un elemento disuasorio de lo más eficaz», me dije con amargura. Lo acompañaba su sombra, Reynaldo, que se había quedado al otro lado de las puertas dobles de cristal, paseando, envuelto en la semioscuridad del aparcamiento. Atravesó una bolsa de luz de una de las lámparas de arco que, en teoría, aportaban cierta seguridad al aparcamiento, y se desvaneció en la penumbra para reaparecer al cabo de unos segundos.

—¿Cómo te va, Roe? —me preguntó Gifford con desgana.

—Eh… bien.

—Escucha, he oído que tú y el escritor habéis encontrado hoy el arma homicida del caso Buckley.

163

¿El caso Buckley? Tuve una repentina visión de una antología de relatos de los asesinatos más famosos de la década en la que vi incluida la matanza de los padres de Lizanne. La gente leería sobre sus muertes y especularía, del mismo modo que yo lo había hecho con otros casos: «¿Sería su hija? ¿O el policía que también formaba parte del club?». Me di cuenta de que esos asesinatos acabarían en un libro…, quizá escrito por Joe McGinniss, Joan Barthel o el propio Robin, si recuperaba el gusto por el relato. Y yo aparecería por los bombones. Puede que justo «cuando los bombones llegaron a la casa de Aurora, la hija de la señora Teagarden».

Por un momento me sentí muy confusa. ¿Estaba dentro de un libro de asesinatos antiguos o aquello me estaba pasando de verdad? Sería maravilloso disponer de la distancia que dan los libros respecto a los hechos. Pero el único pendiente de Gifford era demasiado real, y el deambular felino de Reynaldo (¡en el prosaico aparcamiento de una biblioteca!) también rezumaba toneladas de «aquí y ahora».

—Háblame del hacha —me decía Gifford.

—Era más un hacha de mano, Gifford. Un hacha normal no habría cabido en el maletín. —De repente, me enfadé conmigo misma por contradecir a un tipo tan aterrador como Gifford, pero entonces, fui consciente de lo que mi subconsciente ya sabía: Gifford Doakes era un hombre con una misión, y le importaban un bledo los detalles secundarios.

—¿Así de larga? —preguntó señalando con las manos.

—Sí, más o menos. —Tamaño estándar.

—¿Con el mango de madera y envuelto en cinta aislante negra?

—Sí —asentí. Había olvidado la cinta aislante hasta que la mencionó.

—Joder —siseó antes de murmurar algo más entre dientes. Sus ojos parpadearon a toda velocidad. Gifford Doakes estaba asustado y furioso. Yo también tenía miedo y no solo por el asesino, sino por la reacción de Gifford. Puede que él fuese el culpable.

Apreté aún más la grapadora y me sentí como una estúpida, planeando enfrentarme a un loco con una herramienta de oficina que, según recordé de pronto, ni siquiera tenía grapas. Bueno, una línea de defensa menos.

—Debo ir a la comisaría —dijo Gifford inesperadamente—. El hacha de mano es mía, estoy seguro. Ayer, Reynaldo se dio cuenta de que había desaparecido.

Dejé la grapadora en el escritorio con mucha suavidad, levanté la mirada y vi que Bankston observaba desde la planta superior, asomado por la barandilla. Arqueó una ceja en muda interrogación. Meneé la cabeza. No creía necesitar ayuda. Pensé que Gifford estaba simplemente tan nervioso como todos los demás, y por una buena razón. En ese momento, el tipo cuyo peinado y ropa no pegaban ni con cola se mordía la uña del pulgar como un crío de cinco años, que afrontaba las dificultades del mundo.

—Será mejor que vayas a la Policía ya —le dije con delicadeza. Salió por la puerta antes de que pudiera recuperar el aliento.

El hacha de Gifford y el maletín de Robin. Los que no encajaban en el papel de víctimas entraban en el de asesinos, para mayor diversión del verdadero asesino.

Me pregunté a qué categoría pertenecía yo. Me sobraba con ser quien encontraba los cadáveres.

Media hora más tarde, cuando aún andaba dando vueltas a ese y otros pensamientos desagradables, entró Perry Allison. Apenas podía creer mi suerte de ver a Gifford y a Perry la misma noche. Dos tipos maravillosos. Al menos, mientras estaba Gifford había más personas, pero en esa media hora Bankston, Melanie y otros dos usuarios se habían ido.

En esta ocasión abrí discretamente el cajón y cogí unas tijeras. Comprobé el reloj; solo quedaba un cuarto de hora para el cierre.

—¡Roe! —balbuceó—. *¿Qué pasa?** —Puso una mano con un tatuaje digno de un maníaco en el mostrador.

Sentí un punzante temor. Este ni siquiera era el habitual y desagradable Perry que, quizá, se había saltado la medicación. Perry estaba colocado con alguna droga que ningún médico le había recetado. Nunca encontré el atractivo de las «drogas recreativas», pero no era completamente ingenua.

—Poca cosa, Perry —respondí cautelosamente.

—¿Cómo puedes decir eso? Aquí está todo flipante —soltó, arqueando las cejas hasta que abarcaron casi toda su cara—. Casi un asesinato al día. Tu novio, el poli, vino a casa esta tarde. ¡Me interrogó e hizo insinuaciones sobre mí! ¡Si yo no mataría una mosca!

Se echó a reír y dio unos cuantos pasos alrededor del mostrador.

—¿Tijeras? —preguntó—. ¿Tijeeeeraaaas? —siseó. Me quedé tan desconcertada con la rapidez de sus movimientos y el modo brusco de asentir con la cabeza del Perry con el que trabajaba, que me sorprendió cuando me sujetó de la muñeca del brazo que sostenía las tijeras. Las agarró con una fuerza maníaca.

—Me haces daño, Perry —dije—. Suéltame.

Pero Perry no paraba de reír, y no soltaba la presa ni un momento. Sabía que acabaría soltando las tijeras, y no podía imaginar lo que ocurriría después.

De repente, se enfureció.

—Ibas a apuñalarme —gritó con rabia—. ¡Ninguno de vosotros quiere que me recupere! ¡Ninguno de vosotros sabe cómo era el hospital!

Tenía razón y, en otras circunstancias, le habría escuchado con cierta simpatía, pero me hacía daño y estaba aterrorizada.

Lo único que sentía era el frágil tacto de las tijeras en mis dedos, cada vez más entumecidos.

* En español en el original. *(N. del T.)*

En un día repleto de extraños incidentes, un loco no dejaba de vociferarme, proyectando sobre mí su intensidad emocional, en medio de un edificio sinónimo de tranquilidad y civismo, donde la gente iba a llevarse libros igualmente tranquilos y cívicos.

Entonces empezó a zarandearme para que lo escuchara, agarrándome del hombro con la otra mano, con la fuerza de un torno. No paraba de hablar, enfadado, triste, lleno de dolor y autocompasión.

Sentí que yo también empezaba a enfadarme, y, de repente, algo chasqueó en mi interior. Levanté un pie y le di un pisotón en el empeine con cada gramo de fuerza que pude aunar. Con un aullido de dolor, me soltó y, en ese instante, me giré para correr hacia la entrada.

Tropecé con Sally Allison.

—Oh, Dios mío —exclamó con una voz ronca—. ¿Estás bien? ¿Te ha hecho daño? —Sin esperar respuesta, gritó a su hijo por encima de mi cabeza—. Perry, ¿qué diablos hacías, por el amor de Dios?

—Oh, mamá —contestó, desesperado, y se echó a llorar.

—Está drogado, Sally —señalé con un jirón de voz. Me apartó un poco y me miró en busca de heridas, muy aliviada al comprobar que no había sangre. Vio que aún llevaba las tijeras y se horrorizó—. No ibas a hacerle daño, ¿verdad? —preguntó, incrédula.

—Sally, solo una madre podría decir eso —respondí—. Llévatelo ahora mismo a casa.

—Escúchame, por favor, Roe —rogó Sally. Aún estaba asustada, pero también me sentía sumamente incómoda. Jamás nadie me había rogado nada, y ahí tenía a Sally, quien indudablemente lo estaba haciendo—. Escucha, hoy no se ha medicado. Está muy bien cuando toma las medicinas, en serio. Sabes que puede venir aquí y trabajar, nadie se ha quejado nunca, ¿verdad? Así que, por favor, no se lo cuentes a nadie.

—¿Contar el qué? —preguntó una tranquila voz masculina sobre mi cabeza, y supe que Robin había llegado con mucho sigilo. Levanté la mirada hacia su escarpado rostro, su entonces seria boca arrugada, y me alegré tanto de verlo que hubiera podido llorar—. He venido a ver cómo estabas —dijo—. Señora Allison, creo que nos conocimos en la reunión del club.

—Sí —dijo Sally, esforzándose por recomponerse—. ¡Perry! ¡Vámonos!

Perry caminó hacia ella, con su pálido rostro inexpresivo, cansado, y los hombros caídos.

—Vamos a casa —le ordenó su madre—. Tenemos que hablar de nuestro acuerdo y de la promesa que me hiciste.

Sin mirarme ni decir una palabra, Perry siguió a su madre hacia la puerta. Me derrumbé en los brazos de Robin y sollocé aún sujetando las tijeras. Su enorme mano me acarició el pelo. Cuando lo peor había pasado, dije:

—Tengo que cerrar, es la hora. Me importa un bledo que venga Santa Claus a llevarse un libro. Esta biblioteca está cerrada.

—¿Me vas a contar lo que ha pasado?

—Puedes apostar a que sí, pero primero quiero salir de este sitio. —Detesté tener que separarme de su reconfortante pecho y acogedores brazos; fue agradable sentirse protegida por un hombre grande y fuerte como él durante unos segundos. Pero deseaba salir de ese edificio e ir a casa más que cualquier otra cosa y, con suerte, podríamos repetir la escena en mi casa, con más comodidades a mano.

CAPÍTULO 15

—Puede ser que haya más de un asesino —especuló Robin entre bocado y bocado de galletas saladas.

Si íbamos a pasar una noche juntos, no sería esa. El momento había pasado.

—¡Ay, Robin! Eso no lo puedo creer. ¡Es imposible que haya dos personas tan horribles a la vez en Lawrenceton, haciendo lo mismo! —Con una bastaba. Dos nos incluirían en los libros de historia, eso seguro. Me señaló con la galleta salada enfáticamente.

—¿Por qué no, Roe? Un asesino imitador. Por ejemplo, quizá alguien quería a los Buckley fuera de circulación por algún motivo y, cuando ocurrió lo de Mamie, vio su oportunidad. O a lo mejor alguien quería deshacerse de Pettigrue, y mató a Mamie y a los Buckley para ocultarlo.

«Hay bastantes precedentes de eso, pero más en las novelas de misterio que en la vida real», pensé.

—Supongo que es posible —accedí—, pero, Robin, me niego a aceptarlo.

—Entonces quizá haya más de un asesino. Quiero decir, un equipo de asesinos.

—Jane Engle dijo lo mismo —recordé tarde—. ¿Dos personas? ¿Cómo podrías mirar a nadie que supiera que has hecho algo así, Robin? —Me costaba imaginarme diciéndole a otra persona: «Eh, colega, ¿has visto cómo me he cepillado a Mamie?». Casi sentí náuseas. Me espantaba que dos personas fuesen capaces de idear un plan así y llevarlo a cabo…

—Los estranguladores de Hillside —me recordó Robin—. Burke y Hare.

—Pero los estranguladores de Hillside eran asesinos sexuales —objeté—. Y Burke y Hare querían vender los cuerpos a las facultades de Medicina.

—Bueno, es verdad. Al parecer, estos asesinos solo se divierten. ¡Vaya broma pesada!

Pensé en Gifford y el hacha de mano. El asesino se reía de nosotros de muchas maneras.

—¡Espera a oír esto! —exclamé.

Robin se sintió mejor cuando le conté que él, Melanie y Arthur podían incluir a alguien más en la categoría de inocente implicado.

—Aunque sería inteligente por parte de ese Gifford —alertó Robin— usar su propia hacha y luego declarar que se la habían robado para reivindicar su inocencia.

—Me pregunto si Gifford tiene tantas luces —dudé—. Es un tipo astuto, pero creo que de imaginación bastante limitada.

—¿Hasta qué punto lo conoces? —me preguntó Robin con un leve retintín en la voz.

—No demasiado —admití—. Solo de verlo en Real Murders. Hace un año que viene, creo. Y siempre va con su amigo Reynaldo, quien, al parecer, no tiene apellido.

Sonó el teléfono y fui a cogerlo, sorprendida por recibir una llamada tan tarde. La gente de Lawrenceton no suele telefonear después de las diez de la noche. Al menos, no la gente que yo conozco. Robin tuvo el tacto de aprovechar la ocasión para ir al cuarto de baño.

—Oh, Dios, acabo de mirar el reloj. ¿Dormías? —preguntó Arthur.

—No —respondí, sintiéndome extrañamente rara al estar con Robin en casa mientras hablaba con él. «¿Por qué tenía que sentirme así?», me pregunté. «Podía salir con dos hombres a la vez si me daba la gana».

—He terminado de trabajar y voy a casa. ¿Te apetecería pasarte?

La idea me provocó un leve escalofrío, pero todas las condiciones impuestas a Robin seguían siendo válidas. Además, Robin no daba ninguna señal de querer irse. De hecho, había ido a la nevera para servirse otra bebida.

—Mañana tengo que trabajar —dije con neutralidad.

—Oh, vale. Pillo la indirecta. Solo patinar.

Dios. Casi se me había olvidado. Bueno, tenía bastantes buenas razones para no pensar en la cita del sábado por la noche.

—¿Estás bien? —pregunté cautelosamente.

—Sobreviviré. Tengo noticias increíbles que contarte. ¿Estás sentada?

Arthur sonaba extraño. Era como si intentase estar emocionado y contento, pero no acabase de conseguirlo. Y no había mencionado el descubrimiento del maletín y el hacha.

—Sí, estoy sentada. ¿De qué se trata?

—Benjamin Greer ha confesado ser el autor de todos los asesinatos.

—¿Qué? ¿Qué ha hecho?

—Ha confesado haber matado a Mamie Wright, a Morrison Pettigrue y a los Buckley.

—Pero ¿y la caja de bombones? ¿Eso, por qué? Mi madre no lo conoce de nada.

—Dice que lo hizo Morrison, porque pensaba que tu madre era un exponente de lo peor del capitalismo.

—¿Mi madre? ¿Morrison Pettigrue? No me lo creo —farfullé de forma inconexa.

—¿Es que no quieres que esto acabe?

—¡Claro que sí! Pero no creo que Benjamin sea el asesino. Ojalá fuese cierto, pero no lo creo.

—Pues ha convencido a mucha gente de por aquí.

—¿Sabía dónde estaba escondida el hacha de mano?

—Eso ya lo sabe toda la ciudad.

—¿Sabía que estaba en un maletín?

—Eso también lo sabe todo el mundo a estas alturas.

—Vale, ¿a quién le robó el hacha para matar a los Buckley?

—Eso no lo ha confesado todavía.

—Gifford Doakes me ha dicho esta noche que se la robaron a él.

—¿Eso ha dicho? —Por primera vez, la voz de Arthur mostraba algo de entusiasmo—. Gifford no ha ido todavía a la comisaría. Al menos, que yo sepa.

—Bueno, esta noche, en la biblioteca, me contó que le habían robado el hacha y me preguntó si la que encontramos tenía el mango envuelto en cinta aislante. Yo no saqué el tema. De hecho, lo había olvidado.

—Pasaré la información a los compañeros que están interrogando a Greer —prometió Arthur—. Puede ser una de las preguntas de control. Pero por alguna razón, Roe, el tipo es convincente. Pienso que se cree su propia historia. Y tenemos un testigo.

Robin había dejado de lado la cortesía y estaba a mi lado escuchando. Sus cejas se extendían sobre la frente en gesto de interrogación. Agité la mano para que guardara silencio.

—¿Un testigo del asesinato?

—No, un testigo que lo vio dejar el hacha en el callejón. Recordé la excitación de Lynn cuando interrogó a la joven madre en los apartamentos. Apostaba a que ella era la testigo.

—¿Y qué vio la mujer? —pregunté sin ambages.

—Escucha, esto es un asunto policial del que no puedo darte detalles —cortó Arthur.

—Lamento si me entrometo, pero estoy metida hasta el cuello según la propia Lynn Liggett y tu jefe, Jack Burns.

—Pues ya estás libre de sospecha.

—Me parece demasiado fácil. No creo que esto haya acabado.

—Me voy a casa a dormir —dijo Arthur, y el cansancio hizo que se le escapase un gallo—. Dormiré hasta que las ranas críen pelo. Y, cuando me levante, hablaremos de ir a patinar.

—Está bien —contesté lentamente—. Escucha, acabo de recordar que mi hermano pequeño, Phillip, vendrá mañana a pasar el fin de semana.

—Pues que se venga con nosotros —respondió Arthur suavemente, apenas sin perder el ritmo de la conversación.

—Vale. Hasta luego entonces. —Colgué con una sonrisa; no lo podía evitar.

Puede que todo haya terminado, Robin —dije, casi llorando. Se quedó boquiabierto.

—¿Estás diciendo que ya no debemos seguir preocupándonos? —preguntó.

—Eso parece. Un testigo sitúa a Benjamin Greer, uno de los socios de Real Murders, que no estuvo en la reunión la noche que mataron a Mamie, dejando el maletín en la boca de alcantarilla. Lo ha confesado todo, salvo el envío de los bombones, que lo ha atribuido a Morrison Pettigrue, quien lo hizo antes de que lo matara. Tendré que llamar a mi madre. Pettigrue la consideraba una capitalista terrible.

Discutimos ese desconcertante giro de los acontecimientos desde todas las perspectivas posibles hasta que empecé a bostezar y a sentirme adormilada.

—¿Has dicho que tu hermano va a venir? —preguntó Robin discretamente.

—Sí, se llama Phillip y tiene seis años. Es hijo de la segunda esposa de mi padre. Mi padre y su mujer van a una convención a Chattanooga este fin de semana y me toca pasar unos cuantos días cuidando de mi hermanastro. Las cosas se estaban poniendo tan feas por aquí que pensé en llamar a mi padre y cancelar el plan o ir yo a su casa para cuidar de Phillip, pero supongo que ahora no pasa nada por que se quede aquí.

—¿Os lleváis bien? ¿Qué hacéis cuando viene a visitarte?

—Bueno, jugamos a algo. Vamos al cine. Ve la tele. Le leo cuentos que aún no puede leer solo. Una vez fuimos a los bolos. Fue todo un desastre, pero divertido también. A veces se trae el guante y jugamos a coger la pelota en el aparcamiento. Admito que no se me da muy bien. Phillip es un loco del béisbol. Siempre se trae sus cromos y los ojeamos mientras me esfuerzo por no bostezar.

—Me gustan los críos —dijo Robin, y supe que era sincero—. Quizá podamos ir todos el sábado al parque estatal, hacer un pícnic y dar un paseo.

«Eso sería una hora de ida y otra de vuelta, más otras tres para el pícnic y el paseo —pensé rápidamente—. Podría estar de vuelta a tiempo para la cita del patinaje, pero lo más probable es que Phillip estuviese agotado del viaje y yo también».

—Quizá sería mejor jugar al minigolf. El lunes vi que han abierto uno nuevo cerca de la autopista que lleva a la capital. —Era como si hubiesen pasado años desde entonces.

—Yo también lo he visto —señaló Robin—. ¿El sábado por la tarde?

—Vale. Le va a encantar. Ven a conocerlo mañana por la noche —le ofrecí—. Le he prometido que le haría una tarta de nueces. Es su favorita. ¿Qué tal a las siete?

—Genial —dijo Robin alegremente. Se acercó para darme un beso informal—. Nos vemos mañana. —Parecía preocupado al marcharse.

Eché el pestillo cuando salió y comprobé la puerta delantera, a pesar de que no la usaba casi nunca. Si todo este embrollo había tenido alguna consecuencia, era que me había vuelto consciente de la seguridad para siempre.

Había sido un día muy ajetreado, incluso sin la constante tensión de vivir cerca de un asesino. Habíamos encontrado el hacha en el maletín de Robin, había tenido una extraña confrontación con Gifford Doakes y sufrido una escalofriante escena con Perry. Me preguntaba si Sally tendría razón en su optimista esperanza de que nadie en el trabajo, aparte de mí, se hubiera dado cuenta de lo desatado que estaba Perry. La semana pasada no estuvo exactamente en la onda de los cotilleos del trabajo; fue el tema central, estaba segura.

Luego llamó Arthur para soltar el bombazo de Benjamin.

Benjamin, el fracasado. ¿Benjamin, el asesino?

Mientras hacía la cama en el cuarto de invitados para Phillip (a pesar de que le costaba mucho pasar la noche en una casa extraña y siempre acababa en la mía), fui plenamente consciente de lo anormal que había sido la semana. Por lo general, cuando sabía que Phillip venía para una de sus cuatro o cinco visitas anuales de fin de semana, me preparaba durante varios días. Compraba todo lo que le gustaba comer, planeaba un montón de actividades, sacaba muchos libros infantiles de la biblioteca y consultaba la cartelera de cine local. Me pasaba.

Estos serían probablemente los preparativos más adecuados para la visita de un crío de seis años: hice la cama, comprobé que tenía los ingredientes para hacer su postre favorito y decidí llevarlo a su restaurante de comida rápida preferido el sábado a mediodía. Y la verdad es que tenía ganas de ver a ese inesperado hermano que apareció en mi vida adulta. En medio de los horrores que había sufrido y la ansiedad provocada por unas situaciones sin precedentes, la visita de Phillip me parecía un agradable regreso a la normalidad.

Benjamin Greer.

Intenté creérmelo.

CAPÍTULO 16

Me desperté con una sonrisa. Me llevó un momento recordar por qué, pero, cuando lo hice, la sonrisa se amplió. Se habían terminado los asesinatos. Durante el sueño me convencí de que Benjamin confesó porque lo había hecho y, además, quería atención y era malvado, no porque quisiera atención y fuera malvado aunque no lo hubiera hecho. Después de todo, había anunciado su candidatura a la alcaldía y eso debió de darle cuerda para rato. Era viernes, esa tarde no trabajaba, venía Phillip y me interesaban dos hombres, aunque lo mejor es que era recíproco. ¿Qué más podía pedir una bibliotecaria de veintiocho años?

Me arreglé con mucho cuidado, me divertí con la sombra de ojos y me puse la blusa y la falda más alegres que encontré. Era un conjunto indudablemente primaveral, blanco con flores amarillas. Me dejé el pelo suelto con una cinta amarilla que lo sujetaba hacia atrás.

Desayuné copiosamente, cereales, tostadas y un plátano, y fui al coche canturreando.

—Estás cantarina esta mañana —dijo Bankston, que llevaba un traje muy sobrio, adecuado para un banquero. Él también sonreía y recordé que había visto el coche de Melanie salir de su aparcamiento esa mañana, muy temprano.

—¡Y tengo buenas razones! Puede que no lo hayas oído todavía, pero alguien ha confesado.

177

—¿Quién? —preguntó, mirándome fijamente un instante.

—Benjamin Greer. —En ese momento, pensé, a toro pasado, que quizá estaba traicionando la confianza de Arthur. Pero recuperé la seguridad al recordar que él no me dijo que fuera un secreto, ni yo que no lo divulgaría. Además, se lo conté a Robin, que me lo habría sonsacado de cualquier modo si me hubiese negado a contárselo, después de colgar con Arthur. Un momento, a partir de ahora no sería tan dura conmigo misma.

Bankston estaba atónito.

—Pero ¡si la semana pasada estuvo en el banco para pedir un préstamo para la campaña de su candidato! Lo siento, no debí mencionarlo. Era una transacción privada, cosas del banco. Pero es que estoy… muy sorprendido.

—A mí me pasó lo mismo —aseguré.

—Bueno, bueno, tendré que hacer una parada y contárselo a Melanie —añadió, tras un instante de meditación—. Será todo un alivio para ella. Lo ha pasado muy mal desde que encontraron el bolso de la señora Wright en su coche.

Claro. Ser declarada mártir en la Iglesia y recibir una propuesta de matrimonio es realmente muy duro. Pero estaba demasiado contenta como para envidiar a Melanie; había salido un par de veces con Bankston y no lo tenía precisamente en la máxima consideración, como solía decir mi madre.

Mi madre. También debería contarle las buenas noticias. La llamaría hoy mismo. Le encantará que la hayan llamado «lo peor del capitalismo». Un golpe bajo que encajar después del trabajo duro y los esfuerzos durante los primeros años del negocio, aunque entonces tenía a mi padre para recargar pilas. Él no se fue hasta que mi madre estuvo bien encarrilada en la senda del éxito. Me sorprendí derivando hacia pensamientos negativos y me forcé a rectificar rápidamente. La alegría era la nota del día.

En el trabajo, todos los bibliotecarios y los voluntarios conocían la buena noticia y yo había vuelto al redil. Lillian era de nuevo la maliciosa de siempre, lo que resultaba casi reconfortante. Sam

Clerrick se apartó de sus tablas, gráficos y presupuestos para darme una palmada en el hombro al pasar junto a mí. Me dediqué a estampar tarjetas vigorosamente, recibía el dinero de las devoluciones retrasadas con una sonrisa en vez de la típica desaprobación inexpresiva, y colocaba los volúmenes con precisión. La mañana no pasó rápidamente, sino que voló como nunca lo había hecho.

El teléfono sonó un par de veces mientras comía un almuerzo recalentado en el microondas y hojeaba una enciclopedia de los asesinatos del siglo xx. Tenía la irritante sensación de que alguien, en algún momento, había mencionado algo interesante en lo que me apetecía ahondar, nombres a los que me apetecía dar vueltas, y pensé que zambullirme en un libro me serviría. Pero el teléfono acabó con esa chispa incipiente.

El primero en llamar fue mi padre, que siempre empezaba con un: «¿Qué tal está mi muñequita?».

Detestaba llamarme Roe y yo odiaba que me llamase muñequita. No habíamos encontrado un punto de encuentro.

—Estoy bien, papá —respondí.

—¿Sigues queriendo que vaya Phillip? —preguntó, ansioso—. Ya sabes, si estás alterada con todo lo que ha pasado en Lawrenceton últimamente, puede quedarse en casa.

De fondo oía a Phillip interrumpiendo sin parar:

—¿Puedo ir, papá? ¿Puedo ir?

—Parece que todo ha terminado —le expliqué, contenta.

—¿Han detenido a algún sospechoso?

—Alguien ha confesado, más bien. Estoy segura de que todo volverá a la normalidad —aseguré. Quizá no estaba tan segura. Pero no me cabía la menor duda de que yo volvía a la normalidad. Y me apetecía ver a mi hermano pequeño.

—Vale, pues entonces lo llevaré sobre las cinco —dijo mi padre—. Betty Jo te manda un beso. Te lo agradecemos mucho.

No estaba muy segura del beso de Betty Jo, pero sí de que apreciaban tener niñera gratis y de confianza durante todo un fin de semana.

La siguiente llamada fue de mi madre, por supuesto. Aún debía de tener algún tipo de vínculo psíquico con mi padre, porque siempre que él llamaba ella no tardaba ni una hora en hacer lo mismo. Si ella era como Lauren Bacall, él era como Humphrey Bogart: un tipo feo con un carisma que le salía por las orejas. Y, bendito sea, no parecía en absoluto consciente de eso. Pero ese carisma seguía emitiendo ondas alfa o lo que fuera a mi madre.

Sabía que ya habría oído lo de la confesión de Benjamin, y así era. También sabía que había declarado que Morrison Pettigrue envió los bombones. Tenía sus dudas.

—¿Cómo se enteró Morrison Pettigrue de que me gustan los bombones de See's? —preguntó—. ¿Y que siempre como los de crema?

—No tenía por qué saber que solo comes esos —señalé—. Es imposible meter matarratas en los rellenos de nuez.

—Es verdad —admitió—. Pero me sigue costando creerlo. Apenas nos conocíamos. Coincidí con él en alguna reunión de la Cámara de Comercio, si mal no recuerdo, y hablamos de la necesidad de más aceras en el centro. Fue una conversación cordial y, en ese momento, no dio la sensación de pensar que yo era una especie de sanguijuela que vive a costa de los demás, o lo que sea.

Pero si Benjamin mentía sobre lo de los bombones, podía estar mintiendo sobre lo demás también. Solo deseaba que dijera la verdad y nada más que la verdad.

—Será mejor que lo olvidemos hasta que conozcamos más detalles —sugerí—. Quizá confiese algo que dé sentido a todo.

—Tu hermano… ¿pasará el fin de semana contigo? —me preguntó en uno de sus inesperados giros.

Suspiré en silencio.

—Sí, madre. Papá lo traerá sobre las cinco y se quedará conmigo hasta la noche del domingo. —Evitar a Phillip habría estado por debajo de la dignidad de mi madre, pero después de coincidir un par de veces con él, guardaba las distancias cuando el niño estaba en mi casa.

—Bueno, pues ya hablaremos —se despidió. Estaba segura. Le pregunté por el negocio y me hizo un par de comentarios.

—¿Seguís pensando en casaros John y tú? —solté.

—Lo estamos valorando. —Había una sonrisa en su voz—. Prometo que serás la primera en saberlo cuando decidamos algo definitivo.

—Así me gusta —dije—. Me alegro mucho por vosotros.

—He oído que tienes un nuevo novio —insinuó mi madre, lo cual, bien pensado, me parecía la evolución lógica de la conversación.

—¿A cuál te refieres? —lancé. No pude resistirme.

En alguien más joven que mi madre, habría interpretado el ruido que hizo como una risita divertida. Colgamos con una recarga de cariño mutuo y volví al trabajo con la indudable sensación de que la vida me sonreía de nuevo.

El «novio» de mi madre, John Queensland, vino a la biblioteca esa tarde, cuando estaba en el mostrador de préstamos. Entonces me di cuenta de que era todo lo contrario que mi padre: un hombre maduro, atractivo, igual de discreto y digno que mi madre. Era viudo desde hacía tiempo, pero seguía viviendo en la casa de dos plantas que compartió con su mujer y sus dos hijos, que ya tenían sus propios retoños. «Son de mi edad», pensé con amargura.

Mientras él hojeaba dos biografías serias de famosos, comentó que alguien había entrado en su garaje en las últimas tres semanas.

—Ya no lo uso. Aparco detrás de casa. El garaje está lleno de cacharros de los chicos. No consigo que se decidan a hacer algo con esos trastos. —Sonaba más a padre feliz que a queja—. Pero, bueno, fui a coger mis viejos palos de golf, porque ahora que empieza el buen tiempo me apetecía jugar unos hoyos con Bankston, y me di cuenta de que alguien había entrado y me los había robado.

Puesto que John formaba parte de Real Murders, estaba segura de que encontró el significado del robo. Comentamos lo de Gifford Doakes y su hacha (por sorprendente que parezca, no lo sabía) y dejé que sacase sus propias conclusiones.

—Sé que Benjamin Greer ha confesado —dije—, pero es una prueba que la Policía podría necesitar. Creo que con una confesión no basta.

—Pasaré por la comisaría cuando salga de la oficina —aseguró John, pensativo—. Será mejor que informe sobre los palos. Se llevaron la bolsa completa y es un juego que no pasa desapercibido. Siempre que mis hijos viajaban a alguna parte le colocaban una pegatina del campo de golf. Una costumbre familiar. —Y, absorto en sus pensamientos, John salió de la biblioteca. Pensé en Arthur y lancé un suspiro. Me preguntaba cómo se tomaría este nuevo imprevisto.

Palos de golf. Quizá ya los habían utilizado. Quizá los usaron con Mamie. Nunca encontraron el arma del crimen, al menos, que yo supiera. Puede que Benjamin explicara a la Policía dónde estaban.

Me rondó esa idea hasta llegar a casa y ver el coche de mi padre esperando frente al apartamento. Mientras saludaba a mi padre y daba un abrazo a mi hermanastro, me obligué a no pensar en los asesinatos durante un par de días.

Me apetecía disfrutar de Phillip.

Phillip está en primero y puede ser tan divertido como exasperante. Es capaz de comerse cinco cosas con entusiasmo, cinco cosas nutritivas, quiero decir. (Cualquier alimento sin valor nutricional le vale perfectamente). Por suerte para mí, unas de esas cosas son la salsa de espaguetis y la tarta de nueces, aunque tampoco puede decirse que ninguno de los dos sean alimentos precisamente saludables.

—¡Roe! ¿Vamos a cenar espaguetis esta noche? —preguntó, entusiasmado.

—Claro —respondí con una sonrisa. Me incliné y le di un beso antes de que pudiera añadir: «¡Puaj! ¡No me beses!».

Me devolvió un besito fugaz y se fue corriendo a por su maleta y, lo más importante, una bolsa de basura llena de los juguetes fundamentales.

—Los guardaré en mi habitación —le explicó a mi padre, que sonreía sin disimular su orgullo paterno.

—Hijo, me tengo que ir —se despidió—. Mamá está como loca por llegar adonde vamos. Pórtate bien con tu hermana mayor, obedece y no des problemas.

Phillip, que escuchaba a medias, farfulló un «vale, papá» y fue a ordenar sus cosas.

—Bueno, muñequita, eres un cielo por hacernos este favor —me dijo mi padre cuando desapareció Phillip.

—Me cae bien —confesé honestamente—. Me encanta pasar unos días con él.

—Aquí tienes los números de teléfono donde puedes localizarnos —me explicó sacando una hoja de bloc de notas del bolsillo—. Si surge un problema, cualquier cosa, llámanos inmediatamente.

—Vale, vale —lo tranquilicé—. No te preocupes. Pasadlo bien. Nos vemos el domingo por la noche.

—Eso es. Llegaremos alrededor de las cinco o las seis. Si veo que nos retrasamos, te llamaré. No olvides recordarle sus oraciones. Ah… si le sube la fiebre o se pone malo, aquí tienes una caja de aspirina infantil masticable. Que no tome más de tres al día. Y hay que dejar un vaso de agua en la mesilla de noche.

—Me acordaré. —Nos abrazamos y entró en el coche con una sonrisa asimétrica y un saludo descuidado, que difícilmente podría olvidar una mujer. Lo miré salir del aparcamiento y oí a Phillip gritando desde dentro:

—¡Roe! ¿Tienes galletas?

Le hice un par de sándwiches de galleta horribles, que decía que eran sus favoritos. Satisfecho, salió con la bolsa de juguetes, y dejó los de «interior» en la cocina comedor.

—Seguro que quieres cocinar, así que salgo a jugar fuera —dijo seriamente.

Pillé la indirecta y me puse manos a la obra con la salsa de espaguetis.

La siguiente vez que miré por la ventana para vigilar, vi, a través del jardín trasero, abierto, que Phillip ya había secuestrado a Bankston para que jugase con él al béisbol en el aparcamiento. Phillip despreciaba abiertamente mi habilidad en ese deporte, pero aprobaba a Bankston, que se había quitado la chaqueta y la corbata a la primera de cambio, y no parecía en absoluto tan estirado cuando lanzaba la pelota hacia el bate de Phillip. Ya habían jugado juntos otras veces y Bankston nunca lo vio como una obligación.

Cuando Robin llegó a casa, también lo incorporaron al juego, e hizo de cácher para Phillip hasta que llamé desde la ventana de la cocina, que daba al jardín, para avisar que la cena estaba lista.

—¡Yuju! —gritó Phillip, dejando el bate apoyado contra la pared del jardín. Me encogí de hombros delante de los compañeros de juego abandonados y le susurré a Phillip:

—Da las gracias a Bankston y a Robin por la partida.

—Gracias —dijo Phillip, obediente, antes de sentarse corriendo en la mesita de cocina. Atisbé la coronilla de Melanie cuando Bankston entró en casa.

—Luego nos vemos para probar esa tarta de nueces. Me encanta tu hermano pequeño —soltó Robin saliendo hacia el jardín de su casa. Me sentí feliz y orgullosa por tener un hermano tan encantador, aunque también era por la sonrisa de Robin, que, sin duda, tenía un lado más personal.

Durante los siguientes veinte minutos me ocupé de que Phillip usara la servilleta, dijera sus oraciones y comiera al menos un poco de verdura. Miré con cariño un mechón castaño claro en eterna rebelión y sus observadores ojos azules, tan diferentes de los míos. Entre bocado de espaguetis y pan de ajo, Phillip me contó una larga e intrincada historia sobre una pelea en el patio del colegio entre un chico que sabía karate y otro que tenía toda la colección de vehículos de los G. I. Joe. Lo escuché con una oreja, y el resto de la mente la ocupé en la molesta sensación de que algo se me escapaba. Me olvidaba de algo. ¿O había visto algo? Fuera lo que fuese ese «algo», tenía que recordarlo.

—¡Mi pelota de béisbol! —gritó Phillip de repente.

Captó toda mi atención. El grito, que le salió de la garganta, sin previo aviso, mientras me contaba los castigos que impuso el director a los dos alumnos que se pelearon en el patio del cole, me encogió el corazón.

—Pero, Phillip, ya ha oscurecido —protesté cuando salió disparado de su silla hacia la puerta. Traté de pensar si alguna vez lo había visto solo caminar, y recordé una, cuando apenas tenía doce meses—. Toma, al menos llévate la linterna.

Logré encajarla en su mano únicamente porque le encantaban las linternas e hizo la pausa indispensable para que la cogiera de uno de los armarios de la cocina.

—¡Y trata de recordar dónde la viste la última vez! —grité desde atrás.

Había terminado de cenar mientras Phillip me contaba su interminable historia, así que aclaré el plato y lo coloqué en el lavavajillas (Robin llegaría en poco tiempo y quería adecentar la cocina). Los platos de postre ya estaban fuera, todo listo, así que, mientras esperaba el triunfal regreso de Phillip con su pelota, me quedé mirando distraídamente las estanterías, recolocando algunos libros desordenados. Contemplé los títulos de todos esos volúmenes con historia de personas malas, locas o enloquecidas, hombres y mujeres, cuyas vidas habían sobrepasado la delgada línea que separa a los que pueden, pero no lo hacen, de los que pueden y lo hacen.

Phillip llevaba mucho tiempo fuera; no lo oía en el aparcamiento.

Sonó el teléfono.

—¿Sí? —dije bruscamente.

—Roe, soy Sally Allison.

—Qué…

—¿Has visto a Perry?

—¿Cómo? ¡No!

—¿Te ha… seguido?

—No… al menos, no me he dado cuenta.

—Él… —Sally no pudo seguir.

—¡Venga, Sally! ¿Qué ha pasado? —pregunté sin paños calientes. Miré por la ventana de la cocina, deseando ver el destello de la linterna parpadeante a través de las rejillas de la valla del jardín. Recordé la noche que había visto a Perry al otro lado de la calle, esperando en la oscuridad a que Robin me trajera a casa. Estaba aterrada.

—Hoy no se ha medicado. No ha ido al trabajo. No sé dónde está. Creo que ha consumido más de esas pastillas.

—Entonces, llama a la Policía. ¡Consigue que empiecen a buscarlo, Sally! ¿Qué pasa si está aquí? ¡Mi hermano pequeño acaba de salir solo, a oscuras! —Colgué el teléfono con un golpe histérico. Cogí el llavero, pensando en ir a buscarlo por los alrededores, en el coche, y saqué otra linterna.

Era culpa mía. Alguien en la oscuridad se había llevado a mi hermano pequeño, un niño de seis años, y era culpa mía. Oh, Dios bendito, Señor de los cielos, protégelo.

Dejé la puerta de atrás abierta de par en par, la luz interior atravesando la profunda oscuridad exterior. La puerta del jardín estaba abierta; Phillip nunca se acordaba de cerrarla. Su bate seguía apoyado a un lado, como lo dejó antes de entrar a cenar.

—¡Phillip! —aullé. Entonces pensé que quizá sería mejor guardar silencio y optar por el sigilo. Presa del pánico, apunté con la linterna de un lado a otro. A pocos metros, un coche encendió el motor y salió de su plaza de aparcamiento. A medida que avanzaba, vi que era Melanie en el coche de Bankston. Ella sonrió y me saludó con la mano. Abrí la boca para decir algo, pero no me salieron las palabras. ¿Cómo era posible que no me oyera gritar?

Pero no podía razonar en ese momento. Seguí avanzando y barriendo el suelo con el haz de luz sin ver nada, nada en absoluto.

—¿Qué te pasa, Roe? ¡Iba a tu casa! —me abordó Robin desde la oscuridad.

—¡Phillip ha desaparecido, alguien se lo ha llevado! ¡Salió a buscar su pelota de béisbol, ya a oscuras, y no ha vuelto!

—Encenderé la linterna —dijo Robin inmediatamente. Miró hacia su teléfono—. Escucha, no será de los que se divierten escondiéndose, ¿no? —preguntó sin dejar de moverse.

—No lo creo —contesté. Me hubiera encantado pensar que Phillip se reía de nosotros detrás de un arbusto, pero estaba segura de que no era así. Él no sería capaz de aguantar agazapado en la oscuridad tanto tiempo. Habría salido del escondite mucho antes para darnos un susto, iluminándose la cara con una sonrisa de triunfo—. Por favor, Robin, pregunta a los Crandall si han visto al niño y avisa a la Policía. La madre de Perry Allison acaba de llamar para decirme que su hijo anda suelto por ahí. No creo que ella lo denuncie a la Policía. Voy a buscar en el jardín delantero.

—Vale —asintió Robin brevemente, antes de desaparecer en su casa.

Avancé rápidamente por la oscuridad (que ya era absoluta), únicamente precedida por el haz de luz de la linterna. De vez en cuando, me detenía, hacía un barrido con la linterna y seguía avanzando. Pasé por la verja de los Crandall y no encontré nada.

Abrí la puerta exterior de Bankston. La luz delató algo en el jardín.

La pelota de Phillip.

Oh, Dios, había estado allí todo el tiempo, no era de extrañar que Phillip no la encontrase. Probablemente Bankston la recogió del aparcamiento para devolvérsela a Phillip a la mañana siguiente.

Levanté la mano para llamar a la puerta trasera de Bankston y la detuve a medio camino. Pensé en Melanie saliendo del aparcamiento de forma tan extraña. No cabía duda: tenía que haber escuchado el grito.

Y le había dicho a Phillip que pensase dónde había visto la pelota por última vez. Claro, en la mano de Bankston.

¿Iba Bankston tumbado, escondido en el coche? ¿Estaba encima de Phillip para no delatar su presencia?

Se había encontrado un pelo largo, marrón, en casa de los Buckley. Benjamin no tenía el pelo largo y marrón. El suyo era liso y rubio. Como el de Bankston. Era de mediana altura, como Bankston, y tenía la cara redonda. Igual que Bankston. La joven madre del callejón vio a Bankston, no a Benjamin Greer.

Melanie tenía el pelo largo, marrón. Juntos. Habían cometido los asesinatos juntos.

Y en ese momento recordé lo que me había estado importunando todo ese tiempo. Cuando John Queensland describió la bolsa de golf, dijo que tenía muchas pegatinas. La misma bolsa de palos que llevaba Bankston a su casa el miércoles, tan tarde, después de la hora del almuerzo, que no esperaba encontrarse conmigo, y mucho menos saliendo de casa de los Crandall. Bankston se la había robado a John Queensland.

¿Había estado Phillip en casa de Bankston? Apunté la linterna hacia la cerradura. «Esto no puede considerarse allanamiento», me dije, histérica. Tenía una llave. Era la casera. La metí en la cerradura, abrí la puerta con mucho sigilo y entré.

No llamé. Dejé la puerta trasera abierta.

La luz de la cocina estaba encendida y el espacio que formaba con el salón, hecho un desastre. En la encimera había un libro de la biblioteca abierto, uno que yo misma tenía en mi colección personal: *Beyond Belief,* de Emlyn Williams. Me mareé y tuve que inclinarme para leerlo.

En esta ocasión, esos criminales habían decidido seguir el patrón de Myra Hindley y Ian Brady, los «asesinos del páramo». Iban a matar a un niño. Iban a matar a mi hermano. El monstruo no estaba metido en una celda de la cárcel de Lawrenceton. Los monstruos vivían aquí mismo.

Hindley y Brady torturaban a los niños durante varias horas, así que cabía la posibilidad de que Phillip siguiera con vida. Si estaba en el coche, si lo llevaban a casa de Melanie, dondequiera que estuviera (vale, en la misma calle de Jane Engle), quizá hubiera dejado algún rastro.

Sin ningún sigilo, subí corriendo las escaleras. No había nadie. En el dormitorio más grande había una cama de matrimonio y un rollo de cuerda al lado. Sobre el tocador habían dejado una cámara.

Hindley y Brady, dos oficinistas de poca monta, que se conocieron en el trabajo, habían grabado y fotografiado a sus víctimas.

El otro dormitorio estaba lleno de material para hacer ejercicio, el origen de la mejora muscular de Bankston. Había un archivador abierto y la llave aún en la cerradura. Quería ver cualquier cosa que Bankston guardase bajo llave. La abrí completamente y cayeron unas revistas como un chorro de lodo. Miré horrorizada la que quedó abierta. No sabía que se pudieran comprar fotos de mujeres maltratadas así. Cuando supe del movimiento antipornográfico, pensé en mujeres que, al menos aparentemente, consentían, cobraban y seguían sanas después de la sesión fotográfica.

Bajé corriendo las escaleras, eché un vistazo al salón y miré en los armarios. Nada. Abrí la puerta del sótano. La luz estaba apagada, así que el tramo final de la escalera quedaba a oscuras. Pero descubrí algo blanco en uno de los peldaños inferiores, que apenas se veía por la poca luz que se colaba desde la cocina. Bajé los peldaños y me agaché para recogerlo. Era un cromo de béisbol.

Oí un ruido ahogado y tuve tiempo para pensar: «¡Phillip!», pero entonces sentí un punzante dolor en el hombro y en el cuello. Caí de frente, con los brazos y las piernas enmarañados y di con la cara en el borde de las escaleras. Cuando desperté, estaba tumbada en el suelo del sótano, contemplando el rostro de Bankston que se cernía sobre mí, más impasible que nunca, bajo la tenue luz, aunque sonriente como una gárgola. Tenía un palo de golf en la mano.

Había otro interruptor al fondo de las escaleras y lo pulsó. Volví a escuchar el sonido ahogado y, con gran dolor, volví la cabeza para ver a Phillip, amordazado y con las manos atadas, sentado en una silla recta junto a la secadora. Su cara estaba empapada de lágrimas y su cuerpecito se había hecho todo el ovillo que le permitía la silla. Sus pies no tocaban el suelo.

Se me partió el corazón.

Toda mi vida había oído decir eso a la gente; que se les había roto el corazón porque su amor los había abandonado, por la muerte de un gato o porque se había destrozado el jarrón de la abuela.

Yo iba a morir y mi hermano también, y se me partió el corazón ante la perspectiva de cuánto duraría el sufrimiento hasta que se cansasen de él y lo matasen.

—Te oímos entrar —dijo Bankston, sonriente—. Estábamos aquí esperándote, ¿no es así, Phillip?

Increíble; Bankston, el banquero. Bankston, el de la lavadora y secadora en tono almendra a juego. Bankston, el que concede un préstamo a un empresario por la tarde y machaca la cabeza de Mamie Wright por la noche. Melanie, la secretaria, que se entretiene en su tiempo libre matando a los Buckley con un hacha mientras su jefe está fuera. La pareja perfecta.

Phillip lloraba desconsoladamente.

—Cállate, Phillip —le dijo el mismo hombre que había estado jugando al béisbol con él esa tarde—. Cada vez que llores, pegaré a tu hermana. ¿Verdad que sí, hermanita? —Y Bankston descargó un golpe con el palo de golf que me rompió la clavícula. Mi aullido debió de ahogar los pasos de Melanie, porque, de repente, vi que estaba allí, mirándome con placer.

—Cuando llegué, el espantapájaros estaba registrando el aparcamiento —le explicó a Bankston—. Aquí está la grabadora. ¡No puedo creer que la olvidáramos!

Caramba, vaya pareja de chiflados. Había sonado como la típica ama de casa que olvida la ensalada de patatas en la nevera justo cuando la familia sale de casa para ir de pícnic.

Cuando el dolor amainó lo suficiente como para pensar, decidí que el «espantapájaros» al que se refería era Robin. Me esforcé para volver a mirar a Phillip. Intenté desterrar el dolor para infundirle seguridad, pero apenas pude mantener la vista en él sin gritar. Si lo hacía, Bankston me molería a palos.

O puede que pegase a Phillip.

—¿Qué opinas? —preguntó Bankston a Melanie.

—Será imposible sacarlos de aquí ahora —dijo ella con total naturalidad—. El otro me ha dicho que ha llamado a la Policía. Será mejor que uno de nosotros suba pronto para unirse a la búsqueda. Si no lo hacemos, supongo que la poli querrá registrar la casa y sospechará. No podemos permitirlo, ¿verdad? —Y sonrió pícaramente, dándome un golpecito en la pierna con el pie, como si yo fuese una travesura que tuviesen que ocultar por conveniencia. Me pilló mirándola—. Levántate y ponte junto al niño —ordenó antes de darme una patada. Sollocé—. Siempre quise hacer eso —explicó a Bankston con una sonrisa.

No eran solo los golpes los que me dificultaban el movimiento, sino la conmoción. Estaba en ese sótano, prosaico a más no poder, con esas dos personas, prosaicas a más no poder, convertidos en monstruos que iban a matarnos a mi hermano y a mí. Durante años había leído sobre personas que vivían puerta con puerta con psicópatas sin sospechar nada y eso me sorprendía muchísimo. Y allí estaba yo, intentando arrastrarme desesperadamente sobre el suelo de cemento de un edificio propiedad de mi madre, mientras mis amigos buscaban fuera a mi hermano, sencillamente porque pensé que algo así jamás me pasaría a mí. Tardé un poco en llegar junto a Phillip, a pesar de las patadas que me propinó la chica que conocía de toda la vida y con la que había ido a la iglesia más de una vez. Agarré el borde de la silla y me arrastré como pude hasta arrodillarme, rodeando torpemente a mi hermano con el brazo sano. Recé por que Phillip se desmayara. Su expresión era mucho más de lo que podía soportar y no encontraba consuelo para él. Estábamos ante dos demonios, y todas las normas de educación y cortesía con las que nos habíamos criado con tanto esmero Phillip y yo ya no tenían validez alguna. No había recompensa para el buen comportamiento.

—Tengo la grabadora, pero ahora no podemos usarla —se quejaba Melanie—. Creo que empezó a sospechar cuando me vio salir del aparcamiento. No quería ayudarla a buscar, así que tuve que fingir que no la había oído. Me da la sensación de que esta noche no habrá diversión.

—No lo he planeado bastante —aseguró Bankston—. Ahora se pasarán toda la noche buscándolos, y, además, tendremos que sumarnos a la búsqueda. Al menos, como le hemos quitado sus llaves, nadie podrá usar el juego maestro para entrar. —Las sostuvo visiblemente. Debí de perderlas cuando caí por las escaleras.

—¿Crees que insistirán en registrar todos los apartamentos? —preguntó Melanie, ansiosa—. No podemos negarnos si lo piden.

Bankston meditó. Aún estaban al pie de las escaleras. Yo no llegaría a las escaleras. No veía ningún arma aparte del palo de golf, pero aunque los atacara con el brazo bueno y la poca energía que me quedaba, los dos me reducirían con facilidad y nadie oiría el ruido, a menos que los Crandall hubieran decidido pasar la noche en su sótano.

—Tendremos que improvisar —resolvió finalmente Bankston.

¡La pelota de béisbol! Quizá Robin la viera, como la vi yo.

—¿Hablaste con alguien antes de entrar? —preguntó Bankston.

—Solo lo que te he dicho antes. Robin me preguntó si había visto al crío y le dije que no, pero que me encantaría ayudar a buscarlo —respondió Melanie sin rastro de ironía—. Roe se dejó la puerta trasera abierta, pero la he cerrado con llave. Y he recogido el bate del niño, que seguía en el jardín.

Aquella era nuestra sentencia de muerte, pensé.

Bankston maldijo.

—¿Cómo acabó ahí fuera? Estaba seguro de haberlo metido en casa.

—No te preocupes —dijo Melanie—. Aunque lo hubieran encontrado, podrías haber dicho que lo guardabas y no apareció a recogerlo.

—Tienes razón —admitió Bankston, convencido—. ¿Y qué hacemos con estos dos? Si los dejamos amordazados aquí mientras subimos con los demás, podrían soltarse. Si los matamos ya, perdemos la diversión con el chico. —Avanzó hacia nosotros con Melanie detrás.

—Actuaste impulsivamente cuando lo secuestraste —observó Melanie—. Creo que deberíamos encargarnos de ellos ahora y esconderlos bien. Luego, cuando se calmen los ánimos y dejen de buscar, veremos si podemos meterlos en el coche y tirarlos por ahí. La próxima vez intenta contenerte, nos ceñiremos a los planes sin extras.

—¿Me estás criticando? —se revolvió Bankston. Su tono era bajo y amenazante.

La expresión de Melanie cambió por completo. Jamás había visto nada parecido. Se acobardó, se doblegó y se convirtió en otra persona.

—No, jamás —lloriqueó y se inclinó para lamerle la mano. Vi sus ojos. Estaba interpretando, y eso la excitaba inmensamente.

Se me revolvió el estómago. Ojalá estuviese interponiéndome lo suficiente en la línea visual de Phillip. Me acerqué más a él, a pesar de que el dolor de la clavícula se intensificaba. Phillip temblaba y se había orinado. Tenía la respiración entrecortada e iba empeorando, de vez en cuando soltaba un sollozo apagado.

Melanie y Bankston se besaban, él se desvió un poco y le mordió el hombro. Ella lo abrazó como si estuviesen dispuestos a hacerlo allí mismo, pero en ese momento se separaron y Melanie dijo:

—Será mejor que acabemos ahora. ¿Por qué correr más riesgos?

—Tienes razón —asintió Bankston. Pasó el palo de golf a su compañera y ella lo agitó en el aire ensayando el golpe, mientras él rebuscaba en los bolsillos. Melanie, con esos pantalones negros, un jersey verde y el pañuelo al cuello, parecía a punto de ir a pasar unas horas al club de campo. El palo silbó a pocos centímetros de mí en ese diminuto espacio. Iba a protestar, pero fui consciente de nuevo de que a Melanie le traía sin cuidado. Es difícil acabar con las premisas de siempre.

Vi un pie asomando por las escaleras, a su espalda.

—Dame tu pañuelo, Mel —ordenó Bankston, de repente. Melanie lo desanudó al instante—. Así será menos aparatoso, y es la primera vez que lo intento —observó él, feliz. En ningún momento nos miraron a mí o a Phillip, salvo de pasada; yo estaba convencida de que no nos consideraban personas.

Al pie se unió otro igual, y el primero descendió silenciosamente al peldaño inferior.

—Quizá debería grabar esto —dijo Melanie alegremente—. No es lo que planeamos, pero es probable que resulte interesante.

El siguiente paso hizo ruido y yo empecé a chillar:

—¡Ojalá os pudráis en el infierno! ¿Cómo podéis hacerme esto? ¿Cómo podéis hacerle esto a un niño?

Estaban tan asombrados como si hubiera hablado la silla. De pronto, Melanie levantó el palo con las dos manos. Cubrí a Phillip en la silla con mi propio cuerpo, pero el golpe fue tan fuerte que la silla se tambaleó. No me costó aullar tan fuerte como un tren de mercancías. Vi que los pies apuraban las escaleras a toda prisa.

—¡Cállate, zorra! —gritó Melanie, furiosa.

—Cállate tú —respondió una voz monótona.

Era el viejo señor Crandall con una pistola grande.

En el sótano solo se oían mis sollozos, mientras intentaba controlarme. Phillip levantó las muñecas atadas para rodearme la cabeza con los brazos. Deseé más que nunca que se desmayara.

—No vas a disparar —dijo Bankston—, viejo idiota. Rebotará en el suelo de hormigón y les dará a ellos.

—Antes les pegaría un tiro que dejártelos a ti —dijo el señor Crandall llanamente—. ¿A quién de los dos dispararás primero? —preguntó Melanie, furiosa, alejándose poco a poco de Bankston—. No podrás con los dos, viejo.

—Pero yo sí —intervino Robin desde arriba, y no estaba tan tranquilo como el señor Crandall. Conseguí levantar la vista. Vi a Robin bajando las escaleras con una recortada—. No sé tanto de armas como el señor Crandall, pero me ha cargado esta y, si apunto y disparo, seguro que a algo daré.

Si planeaban intentar algo a la desesperada, sería ahora. Podía sentir la agitación que rezumaban por sus poros. Se miraron mutuamente. Solo veía a través de la neblina del dolor y el pañuelo verde que sostenía Bankston en la mano. Debían de ser cada vez más conscientes de que todo había terminado.

De repente, su voluntad de lucha desapareció. Recuperaron su aspecto habitual, al menos por un instante: un gestor de préstamos bancarios y una secretaria, en apariencia incapaces de recordar dónde estaban y cómo habían llegado allí. Bankston dejó caer el pañuelo. Melanie bajó el palo de golf. Ya no se miraban mutuamente.

Empezó a oírse un tumulto arriba, Arthur y Lynn Liggett aparecieron por las escaleras, pero la escena que descubrieron los detuvo en seco.

Se oyó el aliento de Phillip detrás de la mordaza, convertido en un profundo suspiro, y se desmayó. Me pareció una buenísima idea y seguí su ejemplo.

CAPÍTULO 17

—Si hubiese tenido el desintegrador de partículas humanas, nos habría venido muy bien —susurró Phillip. No se despegó de mí mientras me curaban las heridas. Siempre estaba agarrado a mi mano, a mi pierna o a mi pecho, a pesar de que muchas personas amables se ofrecieron a consolarlo, comprarle un helado o pintar con él, pero mi hermanito pequeño no se apartaba de mí. Evidentemente, eso complicó la situación, pero intenté volcar todo mi cariño en él, sin que me importara el dolor. Pero, desgraciadamente, descubrí que para mí el dolor es muy importante, aunque otros también resultaran heridos.

Estaba junto a mi cama del hospital, acurrucado tan cerca de mí como podía. Tenía las pupilas dilatadas y la mirada perdida. Pensé que le habrían suministrado algún tipo de calmante leve; recordé haberlo autorizado. Mi padre y mi madrastra estaban regresando de Chattanooga; Robin, bendito sea, encontró su número de teléfono, los llamó y los encontró de milagro en la habitación del motel.

—Phillip, sin tu ayuda, me habría vuelto loca —le aseguré—. Has sido muy valiente. Sé que tenías miedo, como yo, pero has sido tan valiente como un león y no has perdido el control en ningún momento.

—Pensaba en escaparme todo el rato. Esperaba una oportunidad —me explicó. Ya empezaba a sonar como el Phillip que yo conocía. Luego añadió, menos seguro—: Roe, ¿nos habrían matado de verdad?

¿Qué podía decirle? Miré a Robin, que se encogió de hombros, dejándome a mí la papeleta. «¿Por qué consultaba con Robin lo que debía contarle a mi hermano pequeño?».

—Sí —dije, y cogí aire—. Sí, eran personas muy malas, como manzanas podridas. Con buen aspecto por fuera, pero llenas de gusanos por dentro.

—Y ¿están en la cárcel?

—Por supuesto. —Pensé en abogados y fianzas, y me entraron escalofríos—. No volverán acercarse a ti nunca más. Ya no podrán hacer daño a nadie. Están lejos y encerrados, y tu mamá y tu papá te llevarán a casa, que está aún más lejos de ellos.

—¿Cuándo llegarán? —preguntó desconsoladamente.

—Pronto, pronto, vienen todo lo rápido que les permite el coche —dije para tranquilizarlo lo mejor que pude, quizá por quincuagésima vez, y di gracias a Dios porque en ese momento mi padre entró en la habitación, con Betty Jo justo detrás, bajo un rígido control.

—¡Mamá! —gritó Phillip, y la entereza que había mantenido, a duras penas, lo abandonó repentinamente. De pronto, se convirtió en un niñito desamparado. Betty Jo lo cogió en brazos de la cama y lo abrazó con todas sus fuerzas.

—¿Adónde puedo llevarlo? —preguntó a una enfermera que los acompañaba. Le indicó una sala de espera vacía, a dos puertas de allí, y Betty Jo desapareció con su preciosa carga en brazos. Me alegré tanto de ver cómo su madre se lo llevaba que podría haber llorado. Nada sustituye a una madre. Al menos yo no. Las últimas horas me habían enseñado, sin duda, esa lección, si alguna vez lo había dudado.

Mi padre se inclinó para besarme.

—Me han dicho que le salvaste la vida —dijo con los ojos llenos de lágrimas. Jamás había visto llorar a mi padre—. Doy gracias porque estéis los dos a salvo; no he dejado de rezar durante todo el viaje en coche. Podría haberos perdido a los dos en una noche. —Sobrecogido, se hundió en la silla que Robin había dejado libre, en silencio. Robin retrocedió a las sombras, la pálida luz arrancaba destellos a su pelo rojo. Jamás olvidaría su imagen empuñando una escopeta.

Estaba demasiado cansada para apreciar la emoción de mi padre. Era tarde, muy tarde. Casi me estrangula un gestor de préstamos con un pañuelo de seda verde. Una secretaria me golpeó con un palo de golf. Me asusté como nunca por mi hermano y por mí. «He mirado al demonio a la cara». Palabras fuertes, pero ciertas, pensé cansada. La cara del diablo.

Finalmente, mi querido padre se secó los ojos, me dijo que nos veríamos muy pronto y que se llevarían a Phillip a casa esa misma noche.

—Tendremos que ver la forma de tratar el trauma —comentó con aprehensión—. No se me ocurre cómo ayudarlo.

—Ya nos veremos —farfullé.

—Gracias, Aurora —dijo—. Si necesitas cualquier cosa, ya sabes dónde encontrarnos. —Pero se morían por llevarse a Phillip de allí y su ofrecimiento sonó un poco superficial. Ya era mayorcita, ¿no? Podía cuidar de mí misma. O ya se encargaría mi madre. Me permití un fugaz momento de amargura y me obligué a tragármela. Mi padre no estaba siendo muy delicado conmigo, pero tenía razón.

En un segundo, me quedé dormida. Robin me sostenía la mano cuando desperté. Creo que me besó.

—Eso me ha gustado —dije, así que lo repitió. Me sentí incluso mejor—. Han sido unos idiotas —añadí más tarde.

—Si te pones a pensarlo, tienes razón —asintió Robin—. Creo que, cuando empezaron a imitar los asesinatos antiguos, ni siquiera fueron conscientes de que no era un juego. Bankston secuestró a Phillip impulsivamente, cuando tendrían que haber elegido a una víctima del otro lado de la ciudad. Si hubiese sido más inteligente, sabría que secuestrar a Phillip en su barrio y ocultarlo en su casa, en vez de en la de Melanie… Bueno, quizá pensaban llevarlo allí más tarde, pero empezaste a buscarlo muy pronto, y ni siquiera se les ocurrió que tenías un juego de llaves maestras.

—¿Cómo supiste que estábamos allí? —pregunté. Era la primera vez que hablaba de nuestro rescate de última hora.

—Cuando vi que Melanie volvía, noté que actuaba de forma extraña —comenzó—. Empecé a preguntarme dónde te habrías metido, y que ella regresara apenas unos minutos después de irse me llamó la atención. Volvió a por la grabadora, ya lo sabes, ¿no? —dijo, apartando la mirada hacia las sombras de la habitación—. Corrí hacia la parte delantera y vi que no andabas buscando por allí, así que decidí que solo podías estar en un sitio. La verdad, fue una corazonada —admitió—. Desapareciste tan repentinamente como Phillip, no había coches extraños por la zona, Melanie intentó aparentar preocupación por la desaparición de tu hermano, pero se notaba que fingía, y tenía esa maldita grabadora. Perry Allison es muy extraño, y puede que peligroso, pero también transparente. —Me cogió la mano—. Tuve que convencer al señor Crandall a toda prisa para registrar la casa de Bankston, pero aceptó enseguida. Me dijo que, aunque nos equivocáramos, si Bankston es un hombre como Dios manda y sabe que han desaparecido una mujer y un crío, tiene que hacer algo. Jed es como los viejos vaqueros.

—¿Cómo entrasteis? ¿No cerró Melanie la puerta con llave?

—Sí, pero la señora Crandall tenía otra llave, la que debía haberte devuelto. Creo que se la guardaba a la inquilina anterior que olvidaba las llaves en casa muy a menudo.

Me hubiera reído si no me doliese tanto el costado. El médico de urgencias había dicho que podría volver a casa en uno o dos días, pero tenía rotas dos costillas y la clavícula, estaba llena de moratones por la caída en las escaleras y en la mejilla tenía una fea combinación de cardenales y abrasiones.

Mi madre quería que me instalase en su casa, pero pensé que, según como me encontrara por la mañana, le diría que prefería quedarme en la mía. Mi madre había llegado volando al hospital, con un aspecto impoluto pero mirada descolocada. Nos abrazamos y hablamos un rato, incluso se le escaparon algunas lágrimas (ciertamente atípico), pero cuando supo que mi casa y la de Bankston estaban abiertas, porque la Policía seguía registrándolas, decidió que me encontraba lo bastante bien como para ir a salvaguardar mi casa y estar a disposición de la de Bankston.

Mi madre era amiga de la madre de Bankston, y le horrorizó volver a ver a la señora Waites.

—Esa pobre mujer —se lamentó—. ¿Cómo podrá vivir después de haber criado un monstruo como ese? Sus otros hijos son gente decente. ¿Qué ha pasado? ¡Os conocíais de toda la vida, Aurora! ¿Cómo pudo hacerte daño? ¿Cómo se le ocurrió dañar a un niño?

—¿Quién sabe? —contesté con esfuerzo—. Se lo pasaba de maravilla. —En ese momento, tampoco me resultaba muy simpática la madre de Bankston. No me quedaban emociones de ningún tipo para repartir. Estaba agotada, exhausta y dolorida. Tenía magulladuras y vendajes por todas partes. Ni siquiera el beso de Robin consiguió ponerme sensual, sino más bien apuntar a tal posibilidad en el futuro. Cuando recogía la chaqueta para irse, murmuré—: Robin. —El sueño me arrastraba por momentos. Se volvió, y, en ese momento, me di cuenta de que él también estaba agotado. Tenía colgando sus enormes hombros y rendidas a la gravedad las comisuras de los labios. Hasta el pelo vivo parecía debilitado—. Me has salvado —dije.

—Qué va. Se lo debes a Jed Crandall —respondió con modestia—. Yo le cubría las espaldas.

—Me has salvado. Gracias. —Y entonces me rendí a la espiral del sueño.

Cuando desperté, el reloj marcaba las tres y media de la madrugada. Había alguien sentado en la silla, alguien bajito, fornido, rubio y profundamente dormido. A Arthur le colgaba la cabeza encima del pecho y roncaba un poco. Tendría que tomar nota de eso.

Sentía la boca seca y la garganta dolorida, así que estiré el brazo para coger el vaso de agua de la mesilla. Como siempre, no llegaba. Me removí entre dolores, estirándome más aún, pero, en ese momento, Arthur me sorprendió acercándomelo.

—No quería despertarte —dije.

—Solo echaba una cabezadita —respondió en voz baja.

—¿Qué ha pasado?

—Bueno, encontramos una caja de recuerdos en la casita alquilada de Melanie Clark.

—¿Recuerdos? —pregunté, espantada.

—Sí, fotos.

Agité la cabeza. No quería saber más.

Arthur asintió.

—Bastante horribles. Fotografiaron a Mamie y a los Buckley después de matarlos. Y a Morrison Pettigrue también. Al parecer, Melanie se fue acercando a él y ganándose su confianza hasta conseguir que se desnudara delante de ella. Entonces lo mató, dejó pasar a Bankston y lo colocaron tal como lo encontramos.

—¿Han confesado?

—Bueno, Bankston sí. Estaba orgulloso de sus hazañas.

—Así que, después de todo, no eran como Hindley y Brady.

—No. Melanie intentó suicidarse.

—Uy —dije al cabo de un instante—. Uy, no…

—Los teníamos vigilados, así que pillamos a Melanie a tiempo. Se quitó el sujetador e intentó ahorcarse con él.

Era grotesco, pero al menos mostraba sentimientos humanos.

—¿Se arrepintió? —pregunté con un hilo de voz.

—No —respondió Arthur con firmeza, sin dudar—. No quería que la separasen de Bankston.

No parecía que hubiera nada que decir. Devolví el vaso a Arthur, que lo dejó en la mesilla antes de rellenarlo.

—Estaban enfurecidos porque no habíamos localizado el arma con la que habían matado a Mamie Wright. Se aseguraron de dejarla en un sitio fácil de encontrar. Era un martillo que robaron del garaje de LeMaster Cane, con sus iniciales. Pero, al parecer, unos niños lo encontraron y se lo llevaron la misma noche del asesinato. Los críos no se dieron cuenta de lo que tenían hasta esta noche y lo han devuelto. Evidentemente, Melanie y Bankston pensaban usar los palos de golf en un futuro próximo. Después de que lo vieras meterlos en su casa (acababa de ducharse en casa de Melanie después de asesinar a los Buckley y los sacó del coche cuando pensaba que nadie saldría de los apartamentos), se asustó y tiró la bolsa, lo único que podía delatar su procedencia, la noche siguiente. Pero se quedó un par de palos por si los necesitaba. Después, Robin Crusoe y tú encontrasteis el maletín. Ahí la cagamos bien. Ahora no me importa decirte que, durante un tiempo, sospechamos de él. Anoche estaba dispuesto a dispararle cuando lo vimos corriendo a casa de Waites con una recortada en la mano, pero en ese momento salió la mujer de Jed Crandall por la puerta del jardín, gritando que su marido y Robin iban al sótano de Bankston Waites para atrapar al asesino. En cierto modo, esperaba encontrarme a Perry Allison allí, de pie junto a los cadáveres de Waites, de Phillip y el tuyo.

—¿Dónde está Perry? ¿Lo sabe alguien? La llamada de Sally me impulsó a salir tan pronto… por eso impedí que Bankston y Melanie se llevasen a Phillip de allí.

—Se ha presentado en una institución mental de la ciudad —dijo Arthur. Allí es donde debía estar, pero será un trago duro para Sally.

—¿Y Benjamin?

—Lo enviaremos al psiquiátrico estatal para que lo evalúen. También ha confesado ser el autor de varios asesinatos ya resueltos. Por alguna razón, el hallazgo del cuerpo de Pettigrue acabó de desquiciarlo.

—Ay, Arthur —dije cansada y rompí a llorar por tantas razones que no era capaz de recordarlas. Arthur me dio unos pañuelos y, poco después, humedeció un paño y me frotó la cara con mucho cuidado.

—Supongo que anulamos la cita para patinar de mañana —soltó Arthur seriamente.

Me quedé boquiabierta, anonadada, hasta que me di cuenta de que Arthur (¡sí, Arthur!) bromeaba. No pude evitar sonreír. Parecía una mueca de dolor, pero una sonrisa, al fin y al cabo.

—Tengo que volver a comisaría, Roe. Aún están analizando los objetos que encontramos en el registro y quedan muchas incógnitas abiertas. Cómo consiguió Bankston que Mamie Wright fuese antes de la hora de la reunión; por qué ordenó a Melanie enviarte los bombones. Los compró para ella, en una convención de San Luis. Pero iba a por ti; pensaba que a ti te gustaban los bombones rellenos de crema. Ha sido el crimen más estúpido, porque la máquina de escribir está en la aseguradora de Gerald Wright. Hay que interrogarlos más, para apoyar las confesiones con pruebas sólidas. Bankston ha solicitado un abogado, pero tarde o temprano se arrepentirá y, entonces, confesará. He de volver al trabajo.

—Vale, Arthur. Me ha alegrado verte bajar por las escaleras hoy.

—Yo me he alegrado de encontrarte con vida.

—Faltó poco.

—Lo sé. —Se inclinó para darme un beso. Pensé que me estaba aficionando a esas cosas—. Volveré mañana —prometió antes de marcharse, y me quedé sola por primera vez en mucho tiempo. El cansancio me había calado hasta los huesos, pero fui incapaz de conciliar el sueño. Temía cerrar los ojos.

Sintonicé la CNN en el televisor y vi que hablaban de mí. Usaban la foto de la ficha de la biblioteca. Tenía un aspecto increíblemente dulce y joven.

Aparecía en las noticias. También saldría en los libros cuando mi caso se sumase a las antologías de asesinatos. Había presenciado asesinatos de verdad y casi acabo yo siendo uno. Algo digno de sopesar. Pulsé el mando para apagar el televisor.

Imaginé a Bankston y a Melanie yendo al Centro de Veteranos esa noche, puede que defraudados por encontrarme allí, porque esperaban que ya hubiese comido los bombones. Y los imaginé esperando, esperando a que alguien descubriera el cadáver de Mamie Wright. Recordé que Bankston acababa de ducharse cuando llevaba la bolsa de golf robada, después de matar a los Buckley. Estaba impoluto... Jamás habría sospechado de él. Oí la voz de Melanie diciendo: «siempre he querido hacer esto», antes de darme una patada.

Estaba demasiado cerca, era demasiado reciente y el miedo se me había enroscado en lo más hondo.

Por supuesto, aquello no había sido un misterio comparable a los envenenamientos familiares de 1928, en Croyden, Inglaterra, sin resolver hasta nuestros días. ¿Era la señora Duff culpable? ¿O quizá sería...? Me quedé dormida.